Anna Johann

STROMBOLI
Amore in Agosto

Traduzione Paola Saffioti-Rahtz

L´attrice Franziska Heiden, una vita felice nel suo lavoro, con i due figli e con il suo compagno Michael come lei stimato attore, viene colpita da un lutto inaspettato e per questo decide di prendersi una breve pausa dai suoi impegni di lavoro. Parte per Stromboli, una picola Isola nel sud dell´Italia, che la sua più cara amica Anna le consiglia per ritrovare la pace interiore in solitudine e tranquillità.

Dopo un primo impatto decisamente negativo, una natura troppo forte, incombente, primitiva, anzi arcaica, a poco a poco se ne innamora. Si innamora della vita semplice, povera ma anche ricca, dei suoi abitanti, che la accolgono con affeto sincero, si innamora dei fenomeni strabilianti che questo luogo offre, del suo mare, della sua storia, dei miti, delle tradizione e leggende, e di un uomo che le fa scoprire una parte di sé che lei neppure immaginava esistesse.

Anna Johann è lo pseudonimo di Hannelene Limpach, drammaturga e scenografa, ha lavorato come direttore di scena nei teatri di diverse città della Germania. Ha scritto e curato sia per il teatro che per la radio la trasposizione di alcuni film tra cui "Anni di Piombo" della Margarethe von Trotta, a lungo in tournee con grande sucesso.

Dal 1989 vive buona parte dell´anno a Stromboli, in Italia, dedicandosi a diversi generi di scrittura, come quello storico, drammatico, ma anche commedie e alcuni thriller, uno dei quali é stato adattato per la televisione. I sui libri sono pubblicati dalla S. Fischer Verlag di Francoforte. Il suo ultimo libro „Tödliches Maskenspiel" é stato pubblicato nel febbraio 2020 da Gmeiner Verlag. Questo é il suo primo romanzo tradotto in lingua italiana.

Anna Johann

STROMBOLI

Amore in Agosto

TWENTYSIX
Un marchio di Books on Demand GmbH
© 2023 Anna Johann
Produzione casa editrice:
BoD – Books on Demand, Norderstedt
ISBN: 9783740725945

L'originale è stato pubblicato nel 2020 con il titolo
,,Stromboli - Eine Liebe im August"
ISBN 9783740764159

Traduzione: Paola Saffioti-Rahtz

Non è stato amore a prima vista, non il pugno nello stomaco di quando immediatamente sai che quello è il posto da sempre cercato. Non è stato così.
Come spesso succede, quando qualcuno mi decanta un suo personale "Paradiso," si creano nella mia mente delle immagini e si compone un quadro che la realtà ad esso non rispondente sarà destinata a deludermi.
Di lui nessuno mi aveva detto niente, di lui non mi ero fatta nessuna idea. Però anche con lui nessun colpo di fulmine. Quello è arrivato dopo, sotto la volta dei caldi cieli del Sud, in una piccola cucina all'aperto, seduti ad una tavola ricoperta da una tovaglia di plastica, in una sera d'Agosto di quest'isola. Il mio sguardo fu attratto dal palmo della sua mano, quella mano dalla pelle liscia e soda della quale ancora non sospettavo che un giorno non avrei più potuto fare a meno. Non in quel momento. Momento che vorrei fissare in un fermo immagine, congelarlo prima che svanisca, affinchè duri tanto da imprimersi indelebilmente dentro di me.
Una mattina, una mattina molto presto, ancora quasi notte. Notte silenziosa. Solo il motore della nave che scivola placida sul mare immobile. Sono sul ponte. Affacciata a prua guardo la superficie di quell'acqua di un blu scuro quasi nero che si divide e, scivolando lungo le murate, alla tenue luce delinea una fine chiara cresta di spuma.
Sento il mio corpo immerso nella scura immensità. Nessuna luce, neppure in lontananza.

Ma alzando gli occhi al cielo il nero è un mantello di velluto trapuntato di infinite stelle svavillanti. Sentirmi sospesa tra l'infinità del cielo sopra di me e la profondità del mare sotto di me, in questo momento non è proprio quanto di più adatto a farmi stare meglio. In realtà non c'è niente che non vada bene, sono solo esausta, come se dentro di me ci fosse il vuoto. Nient'altro. E non c'è da meravigliarsi. Mesi di intenso lavoro. Un regista difficile che mi ha esaurito. Suscettibile e ostinato. Miscela esplosiva. Ho dubitato delle mie capacità, del mio talento, della mia intelligenza, della mia competenza. Mi ha fatto porre domande sul mio lavoro. E poi una mattina, cinque giorni fa, la telefonata di Sofia: " È morto papà ". Non ero preparata. È stato uno schock.

L'uomo che per tanti anni una volta ho tanto amato, che è stato il padre dei miei figli, col quale non avevo più nessun contatto dà più di dieci anni. Da lui già da molto tempo mi ero completamente distaccata. Questo pensavo.

Che errore! La sua morte ha strappato un pezzo importante della mia vita. Non ci sarebbe più stato nessun testimone della spensieratezza di quel tempo, della nostra certezza che quell' amore sarebbe durato per sempre. Nessuno avrebbe più potuto dirmi „ti ricordi?", nessuno più al quale chiederlo. Per quanto da molti anni ormai già prima della separazione non ci facessimo queste domande. Ma ora non si trattava più di separazione. Ora era la fine.

Sono scoppiata in singhiozzi. Ho pianto per ore.
Ancora oggi non mi sono del tutto ripresa da quel
dolore.

„Vai sull'isola," aveva detto la mia amica Anna. Ti
aiuterà. È un vero balsamo per l' anima. Parole
grosse. Difficile attribuirle a questa cosa alla quale
lentamente nella prima scura luce dell'alba ci stiamo
avvicinando. Un cono nero nella penombra si
ergeva tra mare e cielo. Sulla sua cima, immobile,
come tenuta saldamente sospesa da un filo, si ap-
poggiava una densa nuvola. Tutto era minaccioso e
respingente. A tratti la nuvola si colorava di rosso e
diradava illuminata da bagliori che sprigionavano
dal basso, sotto di essa. Le rocce lungo le rive erano
nere e nera la sabbia.
Per quale motivo non so, forse è dovuto a favole
infantili, ma nella mia mente l'idea di isola era abbi-
nata a immagini di spiagge dalla sabbia bianca con
palme ondeggianti. Qui, di bianco ci sono solo le
case in forma di cubi e ci sono anche delle palme.
Ma questo l'ho scoperto più tardi. Ora vorrei solo
non scendere dalla nave. Che cosa devo fare lì?
Non è un buon momento, non è il momento giusto. Non avrei neppure dovuto salirci su questa
nave. Sia per come mi sento che per questo posto.
Estraneo, caldo, insopportabile. Sabbia troppo
nera, rocce troppo aguzze, un vulcano troppo incombente. Non è l'isola giusta. Tutti quelli che
scendono insieme a me sembra sappiano dove andare. C'è chi li chiama, c'è chi li aspetta, saluti, abbracci, ritrovarsi, rivedersi.

Si riempiono di bagagli dei tipici mezzi a motore a tre ruote che gli italiani chiamano "Api". Alcune portano scritto il nome dell'albergo. Chi inizia la vacanza sale gioioso su macchinette elettriche aperte con l'insegna di taxi che io ho visto solo in qualche film usate sui campi di golf.
C'ero solo io che nessuno è venuto a prendere, almeno così sembrava. Mi assale il panico. Voglio risalire sulla nave, via da qui, ovunque ma non su questa dannata isola. Ma la nave ha già mollato gli ormeggi e riparte. Si sta allontanando dal molo. Nella scia di spuma che lascia dietro di sé e che si fa sempre più ampia, c'è qualcosa di irrevocabile. Mi sento abbandonata e sola in tutto questo via vai. Qualcosa devo fare. Non so cosa. Intanto andrò a prendere un caffè. Vedo di fronte a me, in fondo al molo, i tavolini rotondi di un bar. E lì mi dirigo trascinando il mio trolley. Comincia anche a piovere. Che cosa aveva detto Anna? Quando arriverai vedrai il sole sorgere dal mare in uno sfolgorìo di colori sconvolgente. Già! Sconvolta lo sono, ma dalla desolazione del momento.
Sto seduta su una sedia di plastica bianca sotto una tenda scolorita aspettando uno che ha le chiavi di casa e che doveva venirmi a prendere. Un uomo con uno sporco cappello da capitano su dei capelli grigi. Che non arriva. Siedo qui e guardo il mare che da blu si fa grigio come le nuvole che stanno calando sempre più cupe, come la pioggia prima fine e ora sempre più fitta finché, attraverso la tenda lisa sopra di me comincia a gocciolare sul tavolino. È un suono che conosco.

Un ricordo si fa vivo. Anche allora sedevo sotto una tenda sulla strada. Non era di questo verde sbiadito ma rossa e bianca a righe. E non ero sul mare ma in città, una città piuttosto grande. Quando uno sconosciuto dal tavolo accanto mi disse "se vuole si può avvicinare, qui è ancora tutto asciutto". Mi sono avvicinata e a lui sono rimasta vicino per molti anni. E ora quest'uomo è morto. Eravamo così intimamente uniti e un po' alla volta ci siamo persi. Come è potuto succedere? C'era qualcosa di falso fin dall' inizio o tutto è semplicemente svanito così, da sé? Perché la nostra unione l'avevamo data per scontata e non l'abbiamo curata affinché rimanesse viva e non svanisse? E ora di tutto questo rimane solo un vago ricordo e la certezza che qualcosa di irripetibile è perso per sempre. Il dolore mi assale inaspettato. Così forte. Dopo così tanto tempo. Quando la vita sembrava procedere come se tutto fosse ormai superato. Tutto sotto controllo. E ora questo sgocciolìo della pioggia me lo fa sentire di nuovo.
"Franziska!" Qualcuno mi chiama. Sta arrivando verso di me uno sconosciuto sotto l'ombrello. Ha qualcosa di familiare. Mi sembra di averlo già visto. Ma dove? E quando?
"Scusa, non mi sono svegliato. Ieri sera ho fatto tardi. Per fortuna mi ha chiamato Anna per sapere se eri arrivata. Ha provato a telefonarti ma non eri raggiungibile".
E certo. In questo viaggio, per una volta volevo sentirmi fuori da tutto.

Forse non è stata una buona idea spegnere il cellulare. " Scusi, ma in questo momento non so ...."
"Come, non mi riconosci? Sono Jacob, il fratello di Anna"
"Ah ecco! Scusa ma non ci vediamo da parecchio tempo e tu allora sembravi molto più giovane"
Che stupida frase! Ma sono contrariata. Perché è qui?
"È vero, anche tu!" disse ridendo. "Mi chiamavi la piccola peste! Per quanto non fossi più poi tanto piccolo l'ultima volta che ci siamo visti! Avevo 15 anni!"
"Ma ti comportavi come un bambino di 9!"
"Solo perché ti ho lanciato tutto il tempo palline di carta? Era divertente!"
"Già. Quanto tempo è passato?"
"Circa 20 anni. Dobbiamo recuperare! Vieni, andiamo a casa!"

Anna mi aveva parlato di una casa vuota. Ma a quanto pare, la casa vuota non è. Jacob e la sua amica sono ancora qui. Non sono potuti partire la settimana scorsa, come programmato, perché c'era mare grosso col quale né la nave né l'aliscafo potevano attraccare al molo.
"Abbiamo perso il volo, per cui abbiamo deciso di fermarci qualche giorno in più. Ti da fastidio?"
Fastidio? Sinceramente non so proprio se posso farcela in questo momento, a convivere giorno e notte con degli estranei.
"Staremo un po' stretti. Ma nessun problema. Ce la faremo."

Questo lo dice lui.
La pioggia non dà tregua e ora si sta anche alzando il vento. Il piccolo ombrello di Jacob è più decorativo che altro. Presto siamo completamente zuppi. Con questo tempo ai lati della via riesco appena a vedere alcuni giardini e delle tettoie sotto le quali non c'è nessuno, poi percorriamo un tratto di lungomare finché non ci infiliamo in una stretta stradina in mezzo ai muri bianchi delle case.
Jacob parla trascinandosi dietro il mio trolley. Per fortuna non si aspetta che io mi metta a chiacchierare. Un ah e un oh ogni tanto sono sufficienti. Non ho nessuna voglia di parlare. Sono arrabbiatissima, furente con me stessa per essermi fatta coinvolgere in questa stupida idea. Un'isola solitaria, pace, contemplazione, riassestare la mia vita, chiudere definitivamente col passato. Una cosa che, a quanto pare, non avevo ancora fatto. Avevo creduto di esserci riuscita. Ma non era così. Come ho potuto pensare che qui avrei potuto? L' idea di andarmene al più presto possibile si fa sempre più seducente.
Un intenso inebriante profumo giunge alle mie narici. Dev'essere di qualche pianta che non conosco. E sento nettamente il profumo del mare, insieme a qualcosa che sa di metallico, forse la calce con cui sono dipinti i muri della case. Questo miscuglio di odori .....già......ho sempre questa ossessione di cercare le parole più adatte a visualizzare perfettamente un' immagine, una situazione. Dovrei invece semplicemente goderne, gioire di quel che vedo, odoro, ascolto, gusto e provo.

Nella mia vita sono stata sempre affascinata dalle parole, e quando non mi bastavano le storie che leggevo o ascoltavo, ero io stessa a scriverle. Avevo 11 anni quando su un giornale fu pubblicato per la prima volta un mio scritto "Un matrimonio tra due uccellini." Non per questo sono diventata scrittice, tuttavia ho trovato quel che faceva per me. Nel ruolo di attrice le parole si declamano, non le devo inventare, sono già scritte. Tuttavia è rimasto sempre dentro di me il piccolissimo desiderio, unito alla paura di realizzarlo, di scrivere una mia storia
Le parole sono ormai tutte logore, tutte già coniugate in mille modi. Eppure me ne vengono in mente molte di nuove riguardo alle cose più insignificanti e mai riguardo alla Bellezza, alla Tristezza, al Dolore, all'Amore, alla Morte. Temo di sminuirne il concetto se non riesco a descriverlo alla perfezione. Le sensazioni che le parole producono sono fondamentali. Ma se le parole non vengono scritte temo che anche le sensazioni scorrano via fino a svanire per sempre.
Per lui devo trovare le parole. Cento parole da dare alla sua pelle, come è al tatto, al suo odore che mi riporta alle estati della mia infanzia, al colore dei suoi occhi, alla sua voce avvolgente come una morbida calda coperta. Ai suoi capelli biondi dai mordidi riccioli già un po' radi ai lati della fronte, al suo asimmetrico sorriso, al suo viso spigoloso, al suo corpo muscoloso, alle sue gambe possenti.

Dopo che sono ripartita dall'isola, quando ero a Londra ferma ad un semaforo, mi sono trovata davanti un uomo in calzoncini corti così stretti che la la pancia straripava sopra la cintura.
Però aveva i polpacci uguali ai suoi così mi sono ritrovata a seguirlo per tre isolati, pur di non smettere di guardarli.
Che parole usare per spiegarlo? Chiamarlo amore o no? Si può sbagliare a dare un nome ad un sentimento completamente nuovo.

Jacob aveva detto „staremo un po' stretti," un eufemismo. Anna mi aveva sempre parlato di una villa al mare così mi ero fatta l'idea di ampie sale con grandi terrazze, scalinate e viali in mezzo ad un giardino lussureggiante. Forse la sua definizione era ironica. In realtà siamo arrivati ad una piccola casa dalla tipica forma di cubo. Il pianterreno doveva essere rifatto già da parecchio tempo. Ma ristrutturare è costoso e neppure si possono avere facilmente i permessi. Bisogna presentare un progetto e percorrere un iter burocratico che può andare avanti per anni. Quindi ancora è una specie di magazzino con accanto un mezzo rudere che era il "palmento" ovvero dove si faceva il vino. In tedesco diremmo "la cantina."
Si spera che non crolli tutto in una volta. Le travi sembrano molto vecchie. Ma vicino c'è un piccolo bagno completamente nuovo. Rubinetti lucidi, mattonelle bianco opaco alle pareti e al pavimento piastrelloni con disegni nei toni del beige, marrone e verde.

Una scala stretta e bianca porta al piano di sopra sulla terrazza. Attraverso una porta dipinta di blu si entra in un soggiorno. Di fronte, sotto la finestra, c'è un tavolo con quattro sedie e ad angolo, un armadio.
A destra si entra in una cucina in cui a stento si può stare in piedi. Vedo un fornello con due fuochi su una credenza, sull'altra parete una mensola con piatti di ceramica colorata e sotto un frigorifero. A sinistra si va in camera da letto, anche questa non molto grande ma sufficiente per un vecchio letto matrimoniale con baldacchino, un cassettone dipinto di bianco e un vecchio armadio odorante di muffa con sportelli cigolanti come in un castello infestato di fantasmi. Questa è la lussuosa mobilia. Però la porta-finestra sulla parete di fronte va su un piccolo balcone che affaccia direttamente sul mare, su una spiaggia di sabbia nera con ai lati grandi rocce. Una vista inaspettata, insolita. E dappertutto gli spruzzi di schiuma delle onde. E questo rumore! Mi ci vorranno giorni per scoprire come poter descrivere ogni suono, quando l'onda si avvicina e va a infrangersi con un boato sulla roccia e gorgoglia tra le fessure e mentre con un risucchio si ritrae la seguente e´ già pronta e sta arrivando.
Mi guardo intorno nella camera.
"Io dove dormo?"
"Ma qui! Ci stiamo in tre."
Jacob indica il letto.
"È grande abbastanza."
Grande abbastanza? No e poi no! Non ho mai preso nel mio letto neppure i miei bambini.

Quando erano piccoli se erano malati sedevo vicino ai loro lettini e quando erano più grandi stavo su un letto vicino al loro. E ora dovrei dormire fianco a fianco con degli estranei?
"No, non va bene. Preferisco andare in albergo."
"Non se ne parla nemmeno. Anna non ce lo perdonerebbe mai. Dopotutto noi abbiamo mandato all'aria tutti i piani. Ed Eva dorme raggomitolata vicino a me."
Lei non sembra gradire. Il suo giovane e bel viso è imbronciato. Parla poco quando ci sediamo insieme per fare colazione. Per lo più parla Jacob. A quanto pare cerca di migliorare l'atmosfera. Ma per quanto ci provi mi sembra senza risultato. Discorsi del genere ti ricordi quando facevamo questo e quello. Niente di più noioso per una terza persona che ascoltare racconti di episodi con i quali non ha niente a che fare. Peggio ancora se neppure c'era, tanto più che a quella data lei era ancora all'asilo.
Io a malapena riuscivo vagamente a ricordare certi avvenimenti. Nel mio ricordo lui era proprio solo una piccola peste, un rompiscatole.
"Avevo una vera passione per te."
Questa poi? Sono sconcertata.
"Per me? Ma se ho 8 anni più di te? Tu eri ancora un bambino!"
"Non prendere in giro il mio sentimento giovanile! Il fatto che tu fossi più grande era proprio quello che mi eccitava di più. E certo non eri niente male... del resto, mi pare..." ora cominciava a balbettare "… scusa, ancora oggi sei bellissima."

E mi lancia lo sguardo del bassotto che sbava alla vista di una fetta di salame! Flirtava? Ci stava provando? Ho 40 anni e lui ne ha sempre 8 di meno.
Eva si alza scocciata.
"Vado a fare un giro. Continuate pure a parlare dei vecchi tempi!" detto con tono piuttosto tagliente.
Corre giù per le scale lasciandoci perplessi.
Jacob toccandomi la spalla dice: "Sarà meglio che vada anch'io e le porti un ombrello."
Intelligentemente non prende quello piccolo ancora fradicio appoggiato a terra fuori alla porta ma uno a righe col manico lungo appoggiato in un angolo vicino all'armadio.
"A più tardi."

Lui l'ho conosciuto subito la prima sera. Per quanto dire conosciuto sia una parola troppo grossa. Visto. Appena incontrato. Visto giusto un attimo, che non ha lasciato dietro di sé nessuna impressione.

Ha piovuto tutto il giorno. Non ho neppure disfatto la valigia. Qui certo non posso rimanere. È chiaro che non sono bene accetta. Spero di trovare una camera nell'hotel al porto o in qualche pensione. Purtroppo questa è la settimana di ferragosto. Tutti gli italiani hanno le ferie e l'isola è piena di turisti. Questo me l'aveva detto Anna. Quando i due ritorneranno ne riparlerò. Spero che Jacob possa aiutarmi a trovare qualcosa. Certamente, lui che viene qui già da molti anni conoscerà qualcuno che può avere una stanza da affittare.

Non so quanto tempo sono stata alla finestra a guardare il mare.
L'acqua, il suo colore che da nero a grigio ardesia all'orizzonte si fa di un blu che diventa via via sempre più chiaro finché, avvicinandosi a riva, forma un'onda turchese che si srotola sulla sabbia nera aprendosi in un ventaglio di bianca schiuma. Quando i vetri della finestra vengono colpiti da grosse gocce di pioggia le immagini sono sfumate e tremolanti per diventare poi nitide quando la goccia è scesa. Anche attraverso la finestra chiusa sento il meraviglioso inconfondibile unico profumo di questo mare.

Jacob e Eva tornano a ora di pranzo. Lei, muta, va subito in camera sbattendo la porta dietro di sé. Lui alza le spalle e sorride imbarazzato.
"È stanca." Dice. "Hai appetito? Preparo un piatto di spaghetti."
Rimango sulla porta di quella minuscola cucina a vedere Jacob che affaccendato traffica disinvoltamente.
"No, grazie, lascia perdere. Non c'è spazio per due. Piuttosto potresti riempire due bicchieri di vino."
Così dicendo da un cestino poggiato in un angolo prende una bottiglia e avvitando il cavatappi mi indica l'angoliera con un cenno della testa "i bicchieri li trovi lì in alto."
Mentre apro gli sportelli un sordo boato proveniente dall'esterno mi fa trasalire.
Sento tremare il pavimento sotto i piedi e tintinnare i bicchieri davanti ai miei occhi.

"Che cosa succede?"
Jacob sta continuando a tagliare cipolle senza scomporsi.
"Il vulcano. Dovrai abituartici. Sei su un vulcano attivo. A seconda di come gira il vento le eruzioni si sentono anche di più. Leggere scosse del terreno si sentono quasi in continuazione. Al momento sembra sia piuttosto pigro."
Per quel che mi riguarda potrebbe anche essere più pigro.
"Hai qualcosa contro l'aglio?"
"Io? Che domanda! Certo che no!"
"Brava ragazza!"
Verso il vino nei bicchieri e facciamo un brindisi.
"Allora noi domani sera partiamo. Non sgranare gli occhi. Niente a che vedere con te. Riguarda solo me. Ho qualche problema con lei. Non condivide del tutto la mia passione per Stromboli. Trova l'isola un po' noiosa. Non si incanta a guardare il mare per ore come faccio io. E le boutique le abbiamo già battute tutte. Avrei dovuto rimanere nella mia preferenza per le donne più mature. Non so perché continuo a starci assieme. Neppure sull'argomento musica ci siamo una sola volta trovati d'accordo."
"Ha un bel di dietro!"
"Ok. Sarà per questo:"
Ci guardiamo scambiandoci un sorriso beffardo.
Non appena gli spaghetti al sugo dal profumo appetitoso sono pronti in tavola, si apre la porta della camera da letto.

Eva è vestita e truccata come avesse un appuntamento con l'agenzia di casting. Impeccabile. I suoi occhi azzurri spiccano nel perfetto ovale del viso. Solo al rossetto aveva rinunciato.
Va dritta a sedersi in braccio a Jacob e con una vocetta da bambina gli sussurra: " Per favore facciamo la pace, ora?"
Poi scivola a sedere sulla sedia vicina a lui, si appropria del mio piatto e me lo porge per farsi servire.
"Franziska, sii gentile."
Capisco. Deve chiarire chi l'ha avuta vinta. Ci guardiamo negli occhi. Si aspettava di irritarmi? Non le darei certo la soddisfazione. Mi diverte e mi mostro completamente serena. Eva sorride.
"Ho una fame da lupi!"
E lo dimostra. Incredibile quanto divora. Il sugo è veramente squisito. Jacob mi ha preso un altro piatto e ha aperto una seconda bottiglia di vino. Si crea una bella atmosfera. Finito il pessimo umore che Eva aveva a colazione. Si mostra interessata a quel che faccio, mi chiede del mio lavoro e dice di invidiarmi il fatto che ho la possibilità di lavorare all' estero.
"Londra! Amo quella città! E che opera teatrale farete?"
"La donna del mare di Ibsen. Ellida è staniera, è arrivata dal mare da dove si trovava la Parrocchia del padre e dove si era innamorata di un timoniere imbarcato su una nave che in quel porto aveva dovuto ripararsi per l' inverno a causa di un'avaria.

Era dovuto fuggire per aver ucciso il capitano e per questo lei non voleva più vederlo. Ma lui non la voleva lasciare, le scriveva lettere, la pregava di aspettarlo. Sarebbe tornato a prenderla.
Lui ritorna quando lei si è nel frattempo sposata con un medico, un vedovo con due figlie e non è felice in quel matrimonio. L'amore idealizzato per il suo marinaio non l'aveva mai abbandonata. Che cosa farà?"
"E quale sarà il tuo ruolo?"
"Sarò l'interprete principale. L'idea del regista è farlo interpretare ad una straniera. Il mio accento tedesco renderà così più credibile il personaggio."
"Una buona idea e ottima per te."
"Lo spero. Non è ancora definitivo. Ci sono altre due concorrenti per il ruolo. Per questo devo andare in anticipo a Londra. Per il provino."
"Allora incrocerò le dita per te!"
Devo rendermi conto che Eva dietro il suo atteggiamento infantile nasconde una bella intelligenza. A prima vista non avrei neppure immaginato che potesse essere un professore ordinario dell´università e che lavorasse nella stessa facoltà di Jacob: Informatica.
Sento dentro di me di doverle delle scuse. Mai lasciarsi ingannare dalle apparenze. Giudicare una donna in base al suo aspetto di bambolina bionda, che pregiudizio!
In ogni caso c'è tutta un'altra atmosfera tra di noi. Forse anche Eva, come me, si sente sollevata all'idea che non dobbiamo più stare tanto a lungo insieme in così poco spazio.

"Vorrei fare una doccia. C'è qualche istruzione speciale per l'uso del bagno?"
"No, no. È tutto nuovo. Comunque non stare molto sotto l'acqua. Lo scaldabagno è piccolo. Dobbiamo farne mettere uno più grande l' anno prossimo. Gli asciugamani sono sulla mensola sopra la lavatrice."
Vado in camera da letto per tirar fuori dalla valigia il mio necessaire. Il profumo di Eva si sente fortissimo. Penso che con questo abbia voluto segnalare un suo possesso.
Mi lavo, mi asciugo con un accappatoio azzurro che ho trovato di sotto appeso a un chiodo e quando torno di sopra la stanza è vuota. Capisco subito dove sono quei due. Dalla camera da letto provengono rumori inconfondibili. Origliare non è da me, quindi esco sulla terrazza e mi corico su una sdraio aperta sotto un ombrellone che ripara piuttosto bene anche dalla pioggia. Avrei indossato volentieri abiti freschi, ma sono ancora in valigia e questa è in camera da letto così come la borsa, dove c'è anche il mio telefono. Dovrei anche chiamare Michael per dirgli che sono arrivata bene. Dove sarà? Che ora sarà? A occhio e croce saranno le tre. A quest'ora potrebbe essere nel bar, quello abituale, dove va dopo le prove e anche quando non lavora. Ha delle abitudini ben precise. So che è rigoroso: una vita pianificata ora per ora. Che senso ha. Vuol farmi credere che non é male.
„Lascia perdere, Franziska, sto bene così mi. Devi sopportarlo. Del resto io sopporto te."

È vero. Già da quasi sette anni. E certo con me non è sempre facile. Sono piuttosto lunatica. Per fortuna non viviamo insieme. Sarebbe decisamente difficile.

Non può capire che la morte di Lukas mi ha fatto uscire di testa. Del resto come potrebbe lui se io stessa non lo capisco.

Davvero è tutto così bello qui fuori. L'aria calda e questo incessante mormorio della pioggia come un fruscìo di sottofondo, mi avvolge in una tale sensazione di pace e serenità che non potrei descrivere a parole.

Non ero mai stata nel Mediterraneo. La media borghesia usava fare le vacanze estive in Italia. Io invece sempre in Spagna. Con i genitori andavamo al Golfo di Biscaglia, in un piccolo paese nei pressi di San Sebastian. Mio padre amava lo spagnolo, che parlava perfettamente.

Il mare completamente diverso da qui. Più forte e più duro. Grandi onde dalle creste bianche di schiuma si accartocciavano l'una sull'altra prima di andarsi a rompere con un ampio arco sulla riva. Raramente facevo il bagno.

Certo anche su quest´isola ci saranno dei giorni di tempesta nei quali sembrarà che le onde vogliano spaccare le rocce qui sotto.

Con Lukas una volta sono stata una settimana in Bretagna. In un posto a nord sulla costa. Però la piccola casa dove stavamo era in po' indietro rispetto al centro del paese.

Quando andavamo al mare, sulla spiaggia c'era sempre bassa marea.

Abbiamo provato in diverse ore della giornata, ma il mare era sempre lontano, irraggiungibile. Così ci rimanevano da fare solo passeggiate.
Sul Baltico sono andata spesso. Da ragazza, in campeggio. Lì mi sono innamorata per la prima volta. Era un ragazzo biondo di Amburgo che, promosso all' esame di maturità, festeggiava il suo addio al liceo. Ho conservato per anni le sue lettere, ma non ci siamo più rivisti.
Anche durante gli anni del mio matrimonio siamo andati spesso sul mar Baltico. Mi piaceva. Non l'acqua, marroncina e spesso piena di alghe, ma era un luogo perfetto per un quadro di famiglia con bambini. Così abbiamo pigramente continuato ad andarci per diversi anni. Tutti e due hanno imparato lì a nuotare. A me piaceva andare in bicicletta. Attraversare vasti prati, pinete e boschi di faggi. Vedere i giochi di luci e ombre che il sole tra le foglie disegnava sul terreno. Non ho idea di cosa troverò qui al posto di queste cose. Al momento é per me un luogo ancora sconosciuto. I due giorni che una volta tempo fa ho passato a Roma, non contano. Della città non avevo visto niente.
Ero lì solo perché secondo la mia agente era indispensabile alla mia carriera nel cinema.
Un importante attore e regista italiano stava cercando per un suo film l'attrice che in un rapporto a tre sarebbe stata la rivale della protagonista interpretata dalla moglie. In quel momento lui stava lavorando a Roma, al teatro Eliseo. Per questo ci sono andata. Perché dovevamo conoscerci.

Ero arrivata di pomeriggio alla stazione e alla sera subito al teatro dove era in scena il lavoro di chi forse avrebbe potuto diventare il mio futuro regista. Si trattava del "Don Carlos" dove lui era anche il protagonista. Era la migliore lettura del testo di Schiller che avessi mai visto e sentito. Ad un certo punto, quando Carlos in ginocchio confessva al marchese di Posa il suo amore per la matrigna, una coppia arrivata in ritardo era andata a prendere posto in seconda fila guidata con la pila dalla maschera, una giovane donna in divisa.
Carlos nel bel mezzo del suo "Amo! Amo! Amo!" si bloccò aspettando muto che i due fossero seduti, poi si rivolse alla maschera dicendo:
"Eh no, signorina! Queste parole sono come un concerto."
In questo „eh no!" c'era tutta la sua incredulità su come al fluire delle parole nel bel mezzo di una scena si possano permettere interruzioni.

Il giorno dopo, al mattino mi presentai per il provino davanti a lui e notai il suo particolare modo di lavorare così diverso rispetto a quello dei teatri tedeschi che conoscevo. C'erano due copioni sul bordo del palcoscenico davanti al regista. Uno era il testo da recitare, sull'altro venivano riportate tutte le modifiche che durante le prove si mostravano più adatte a rappresentare la scena.
E io mi sono meravigliata delle capacità anche acrobatiche che spesso gli attori mostravano. Stava allestendo "La donna vendicativa" di Goldoni.

Nella commedia dell'arte in genere, e questa ne è tipico esempio, c'è sempre una scena con qualcuno che arriva ed apre la porta di una camera quando dentro c'è qualcun altro che non avrebbe dovuto esserci e che per questo deve precipitosamente in qualche modo sparire. Sono rimasta incantata a guardare la scena in cui il bel giovane, che stava tenendo sollevata tra le braccia la sua amante, deve nasconderla non appena sente che si sta aprendo la porta per far entrare Pantalone il quale, geloso, non deve vederla lì. A questo punto con un rapido movimento del piede sinistro lui sollevava il coperchio del baule lì accanto e senza una parola ci lasciava cadere la donna. Una vera acrobazia per lei! E, in altra scena, ho visto lui con un balzo saltare a piè pari da terra sopra un tavolo. Non so se Michael ci sarebbe riuscito!

Si svelavano davanti a me tutti gli accorgimenti che il teatro usa per dare il massimo effetto di realtà alla rappresentazione del reale stesso. Quando il vecchio Pantalone trova il bel giovane in una situazione più che imbarazzante e con una frustata lo colpisce sulle caviglie, si vede chiaramente che il colpo va a cadere a terra vicino ai piedi. Ma quando allo schioccare della frusta sul legno del palcoscenico l'attore salta in aria col dolore dipinto sul volto, ci fa credere veramente che il colpo sia andato a segno.

E in un'altra scena in cui la sorella del padrone di casa viene a trovarlo e racconta una serie di avvenimenti terribili che le sono capitati, marito morto, figlio malato e casa bruciata, la sua voce è ovviamente triste e addolorata.
Ma quando Gabriele Lavia ha l'idea di farle ripetere la stessa sfilza di disgrazie in un tono di voce più acuto e l'attrice nonostante un iniziale disaccordo lo fa, la sua voce così innaturale rende la scena molto più drammatica. Un'idea geniale. Un regista con cui avrei voluto lavorare.
Anche incontrarsi la sera con lui e sua moglie è stato molto piacevole, esaltante e empatico. Dentro di me avevo già deciso che se me lo avesse chiesto, avrei detto di si.
Poi però ho rifiutato. Il giorno dopo. Mi aveva dato la sera stessa il copione da leggere. L'ho letto durante la notte e molte erano le scene di nudo. Impossibile per me. La sola idea che i miei figli un giorno o l'altro avrebbero potuto vedere su uno schermo la loro madre nuda impegnata in acrobazie erotiche con uno sconosciuto, mi dava i brividi.
La mia agente mi ha poi spiegato che Lavia e sua moglie giravano quel genere di film, alcuni sicuramente adatti a inserirsi nel circuito dei film porno, solo per far soldi da investire nella produzione di opere teatrali.
Questo mi ha reso ancora più evidente la loro vera passione per il palcoscenico. In seguito ho visto su internet il "mio" mancato film. Non ne sono rimasta così negativamente colpita. Del resto c'era da aspettarselo da un regista come lui.

La trama era buona, i personaggi con una struttura psicologica ben caratterizzata e le immagini di nudo solo quelle indispensabili alle situazioni e mai girate con becero compiacimento.
Il mio unico viaggio in Italia, finora, era stato per quel brevissimo soggiorno a Roma. Ancora rimpiango un po' di non aver avuto più fiducia e di non aver accettato quella parte. Anche se poi questo mi aveva consentito di recitare in un ruolo che avevo sempre desiderato, quello della "Caterina di Heilbronn".
Jacob compare sulla porta con aspetto soddisfatto e viso arrossato.
"Un caffè?"
Faccio cenno di si e rientro in casa.
"Potresti aspettare ancora un po' prima di entrare in camera? Eva sta riposando."
Devo farlo per forza, anche se in questo accappatoio col profumo di Eva non sono
proprio a mio agio.
"Da quanto state insieme tu ed Eva?"
"Da parecchio. Un colpo di fulmine la prima volta in cui è arrivata da noi in facoltà. A prima vista molti non possono immaginare quanto sia in gamba sul lavoro."
Arrossisco. Sembra che mi abbia letto nel pensiero. Poggia sul tavolo davanti a me una tazzina a fiorellini che spande un magnifico profumo di caffè.
"Tempo orribile!" Con queste parole entra in scena Eva, chiudendo il discorso. Ma ha perfettamente ragione, non vuole smettere di piovere.

Apriamo un'altra bottiglia di vino e giochiamo a
Monopoli seguendo regole che cambiano tra un
bicchiere e l'altro. Finché sentiamo uno che bussando grida qualcosa che non capisco.
Ho così imparato che non essendoci campanelli fuori alle porte, quando si va da qualcuno si bussa
gridando "permesso?"
Che sarebbe come dire "posso entrare?"
Al grido in risposta di Jacob: "avanti!"
Eva salta su e gli va incontro. Sull' entrata c'e un
uomo sporco con capelli biondi arruffati e occhi azzurri. Eva lo bacia sulle guance.
"Entra. Bevi un bicchiere con noi."
"Ora no. Sono in tutta da lavoro. Devo farmi una
doccia. Volevo sapere come rimaniamo d'accordo.
Alle 8 in pizzeria?"
"Certo! Ho una fame da lupi!"
A quanto pare è sempre affamata.
Lui mi guarda e sorridendo mi dice: „Immagino che
tu sei Franziska, ben arrivata. A più tardi."
E se ne va.
"Lui è Stefan," mi spiega Jacob. "e´tedesco. Vive da
tanto su quest' isola e abita qui vicino. Fa un sacco
di cose per noi. È un bravissimo falegname e Eva
dice che è una gran bella persona."
Sembra quasi geloso.
"Allora? Vieni in pizzeria?"
"No, non vi offendete ma credo di dover dormire.
La giornata è stata già lunga. Sto dormendo in
piedi. Svegliatemi pure quando tornate."

Quando escono disfo la mia valigia. Ma dove mettere le mie cose? Dappertutto c'è roba di Eva. L'armadio è vuoto. Ma non ho voglia di mettermi ad appendere cose. È anche pieno di ragnatele.

Prendo due grucce e appendo gli unici due vestiti che mi sono portata. C'è un chiodo ancora libero sulla parete. Tutto il resto può restare in valigia fino a domani. È troppo presto per andare a letto, e neppure mi sento così stanca.
Quindi esco sulla terrazza, sulla sdraio di prima, che nei prossimi giorni diventerà il mio posto preferito. Non piove più. L'aria è tiepida e profuma meravigliosamente di qualcosa di nuovo, diverso da questa mattina. Profumo di fiori e di mare che mischiandosi ne creano uno nuovo. Il mare ora è calmo. È calato il vento. Come descrivere il suono di queste piccole onde? Un leggero sbrodolio? Un ovattato sguazzare? Esiste una parola che possa esprimere quello che percepisco, quello che provo? Commozione, tenerezza? È tutto troppo poco per questa immensità che si stende davanti ai miei occhi luccicando ad ogni suo minimo ondaggiare.
Mi chiedo se Michael abbia idea di tutto questo. Con lui ho contatti solo via e-mail, posso dire che sono arrivata bene, che sono seduta su una terrazza sul mare sotto un cielo azzurro acciaio che diventa a poco a poco sempre più blu e più scuro. Alle mie spalle c'è la montagna che ogni tanto borbotta. Eppure tutto è pace.

Ora appaiono le prime stelle. I loro nomi non li ho mai memorizzati. Nella mia mente non ho ricordi di una volta celeste come questa. Quando sono stata in campeggio sul mar Baltico un ragazzo ha cercato di insegnarmi i nomi di tutte le stelle, ma li ho subito dimenticati.
Anche Lukas me li ha ripetuti più volte quasi indispettito che non mi entrassero in testa.
Peccato, perché qui, incastonate su questo cielo sono molto chiare e brillanti. Soprattutto quella proprio ora sopra di me. Potrebbe essere Cassiopea? Questo nome mi è rimasto impresso, suona bene! Però forse non è il nome di una singola stella ma di una costellazione e tra l'altro non ho la minima idea della sua posizione nel cielo. Devo lasciar perdere i nomi. Questa stella è semplicemente un corpo celeste che brilla per me. Chissà se la ritrovo domani sera.

-.-.-

Devo essermi addormentata e aver dormito profondamente, dal momento che non li ho sentiti quando sono venuti a letto.
Ma ora mi sono svegliata perché ho avvertito vicino a me dei piccoli rumori. I rumori di due che non vogliono farsi sentire. Alla finestra vedo le prime luci dell'alba. Meglio alzarsi e andare fuori sulla solita sdraio. Anzi no, prima una nuotata. Scivolo scalza fuori dalla stanza, facendo finta di niente, ma non è una buona idea. Sotto i piedi non trovo una spiaggia di morbida sabbia o di lisci ciottoli, ma solo sassi, piccoli, ruvidi e appuntiti. Non mi sono portata scarpe da mare, ma ne ho viste nel bagno. Torno indietro a cercarne un paio che mi vada. Ho avuto fortuna e ho trovato anche una maschera.

Sulla spiaggia mi siedo a osservare il ritmico andare e venire delle onde che ricadono sulla riva in modo diverso da ieri sera. Riguardo al mare sono prudente. Entro sempre in acqua con cautela, guardo le onde e aspetto quella giusta per tuffarmici dentro. Una volta Lukas mi aveva fatto una foto dove sono ferma in piedi con l' acqua fino ai polpacci e lo sguardo fisso sul mare. Sotto aveva scritto "Franziska studia il mare."
In parte era vero, e anche adesso lo sto facendo. Non è più turchese come ieri. Fino all'orizzonte è tutto increspato e le onde sono di un intenso blu sotto le creste bianche che si gettano sulla riva aprendosi in ampi ventagli di schiuma.

E ora, dopo che l'ho studiato abbastanza, mi alzo e quando l'onda arriva, nel preciso momento prima che si rompa, mi ci tuffo dentro. Il piacere è indescrivibile. Come mi mancava! E da quanto! Tra i 15 e i 16 anni facevo gare di nuoto a dorso e stile libero. Nel crawl non ero un gran che. Prima di ogni gara andavo in chiesa a pregare contro l'ansia che a volte mi prendeva ai blocchi di partenza anche se poi non appena ero in acqua mi sentivo leggera, perfetta e felice.

Quindi l'Accademia, i primi ingaggi, e Lukas. Che sapeva appena nuotare. Ogni tanto andavamo al mar Baltico, ma io dovevo sempre occuparmi dei bambini. Ho lavorato sempre, tutte le volte che capitava, e organizzare lavoro e famiglia non era facile. Per fortuna ai bambini piaceva il campeggio e i loro amici avevano genitori molto comprensivi e disponibili che portavano con sé Sophia e Sven durante le vacanze.

Anche più tardi con Michael non siamo mai andati al mare. A lui piacevano i viaggi in altre città e le passeggiate in montagna. E così passavamo le nostre ferie.

Mi stendo sulla schiena e guardo questa montagna scura a forma di cono che ho di fronte. I colori partono dal nero delle rive, marrone scuro, ruggine e grigio e poi salendo diventano dei verdi di mille sfumature chiare e scure, verde olivo, verde beige, verde erba e altri verdi che non ho parole per definire, con macchie rosse e violette di fiori e piante di cui non so il nome tutt'intorno a cubi bianchi di case.

Poi le così variegate tonalità di verde sfumano verso il marrone che si dissolve nel nero dell' ultimo terzo di questo cono. Sulla cima, come un floscio cappello un po' di traverso, troneggia una bianca nube attraverso la quale ora si alza in forma di fungo uno sbuffo grigio scuro. Lo prendo per un saluto, come un buongiorno per me e non come un pericolo.
Le onde mi cullano. Ciuffi di nuvole bianche scorrono sopra di me. Ora capisco cosa voleva dire Anna quando ha definito questo posto un "balsamo per l'anima." Decido di dare una chance a me e a quest' isola.

"Franziska! Colazione!"
Eva dalla terrazza fa cenni con la mano.

Il tavolo sotto la pergola è apparecchiato. C'è un delizioso profumo di caffè e di pane caldo. Eva è già stata in paese a comprare panini e cornetti ripieni di marmellata, crema, cioccolato. Durante la colazione lei è allegra e affettuosa con Jacob, lui ha un aspetto distrutto mentre per i fatti suoi rumorosamente sorseggia il caffè. Dopo la terza tazza comincia a riprendersi e si rivolge a me con un sorriso ironico.
"Dormito bene?"
"Molto bene, e voi?"
So farlo anch'io un sorrisetto insinuante.
"Grazie dell'interessamento. Notte eccellente!"

Accarezza il ginocchio di Eva che, impassibile, taglia un panino e dopo averlo spalmato abbondantemente di nutella, passa il dito sul coltello per raccogliere la cioccolata rimasta e lo avvicina alle labbra di Jacob. Lui lo mette in bocca e lo lecca.
Che a me non piace origliare, l'ho già detto, ma nemmeno ho voglia di fare da spettatore alle loro effusioni.
"Bene, vado a fare una passeggiata. Ancora non ho visto niente dell' isola."
"Aspetta, vengo anch' io," e acchiappando un panino Jacob si alza.
"Oggi devo farti vedere tutto così saprai come muoverti ora che rimani da sola. Andiamo prima che faccia troppo tardi e prima che dai "barconi" vengano scaricati talmente tanti turisti che diventa difficoltoso camminare."
"Barconi?"
"Barche più o meno grandi usate per gite giornaliere tra le isole con partenza da Lipari, dalla Sicilia e dalla Calabria. Eva vieni anche tu?"
"No, andate voi, vado a nuotare, è l'ultimo giorno."
Mentre cammino per strada con Jacob ho un po' di rimorso. Certo sarebbe andato anche lui più volentieri a fare un bagno, anziché portare in giro me!
In verità mi sembra di buon umore e compiaciuto di fare da cicerone. Già aprendo il portoncino, comincia subito.
"La nostra casa si trova in contrada Piscità che è la parte più nuova dell' isola. Le case qui hanno iniziato ad essere costruite più tardi che a Scari, dove tu sei arrivata con la nave.

Per la maggior parte sono case di vacanze. Dopo il film di Rossellini -Stromboli terra di Dio- con Ingrid Bergman, avere una casa su quest' isola era diventato chic. Allora era facile trovarne da comprare. Molte erano disabitate perché buona parte degli abitanti erano emigrati in America o in Australia. A fare fortuna. Precedentemente erano abbastanza benestanti, possedevano barche a vela con le quali navigavano nel mare mediterraneo trasportando i prodotti che sulle isole si producevano: malvasia, capperi, fichi, uva, oltre a zolfo e pomice che si estraeva a Lipari. Ma con l'arrivo dei battelli a vapore e la costruzione delle ferrovie che rendevano i trasporti più veloci e economici, hanno dovuto cercare lavoro altrove. Ci sono state due ondate migratorie, quella del 1919 e quella del 1932.
Tra Scari e Piscità si trova Ficogrande. Di là siamo passati ieri, anche se hai visto ben poco da quanto pioveva. Poi ci sono due Chiese, quella di San Vincenzo in centro, se così si può dire, e quella di San Bartolo nella zona dove siamo noi. Ed eccola qui."
Fermandosi compie un ampio gesto con la mano ad indicarla. Io rimango sconcertata.
"Perché c'è la porta chiusa? Per quel che ricordo le Chiese cattoliche sono sempre aperte."
"Anche qui era così, ma se al momento leggere scosse del vulcano ci sono in continuazione, un paio di anni fa ne ha fatte una o due molto più forti del solito.

Sul soffitto della volta si sono aperte delle crepe che fanno temere la caduta di calcinacci da un momento all'altro. Per questo, come emergenza, hanno teso un telone sospeso sotto la navata. Se e quando la Chiesa si aprirà viene deciso di volta in volta e rimane al di fuori delle mie conoscenze. E' sempre aperta in occasioni speciali, come un matrimonio o un funerale e naturalmente per il Venerdi Santo e per la processione di Pasqua. Però è nata un'associazione, "Amici di San Bartolo," che sta raccogliendo offerte per un serio restauro. Ma non è detto che così come rapidamente è nata altrettanto rapidamente non si sciolga."
Che cos'ho pensato stamattina: balsamo per l'anima? Mah! non lo so. Sono qui con scossoni del vulcano, racconti di eruzioni e danni sul muro della volta della Chiesa.
Vedo sulla facciata rosa una ragnatela di crepe biancastre. In alto nel triangolo sopra il portale la scritta: Deo Bartolomeo Apostolo Dicatum.
A sinistra c'è il campanile, anch'esso rosa, che termina con una cuspide esagonale bianca. A mezza altezza un orologio fisso, chissà da quanto tempo, sulle due e tre quarti, con le lancette arrugginite. Sotto all'orologio, in una nicchia, una statua di figura umana con una corona in testa. Un panno cinge i fianchi, nella mano destra ha un coltello e qualcosa di indefinibile sotto il braccio sinistro. La parte superiore del corpo così come le gambe tutta piena di strane macchie rosse.
Indicandola dico: "Immagino quello sia San Bartolo."

"Esatto."
"Che cosa tiene sotto il braccio? Il suo mantello?"
"Quella è la sua pelle. Gli è stata tolta. Doveva essere un discepolo e uno dei dodici Apostoli. Predicava camminando di paese in paese. Soprattutto in Armenia. Si dice che là il fratello del sovrano Polymios abbia ordinato questo suo crudele martirio."
"Raccapricciante! E perché viene venerato qui?"
Jacob balzando sul terzo scalino, si mette in posizione teatrale e con voce affettata da predicatore recita:
"Quando sia successo, nessuno può dirlo con precisione. Tuttavia si tramanda una data precisa, il 13 febbraio dell'anno di grazia 264. Così decise un vescovo di Tours. Si racconta che qualcosa di misterioso vagava galleggiando sul mare. Cinque bare di marmo. In fila, una dietro l'altra. La prima aveva guidato le altre a Lipari dove donne contadini e pescatori rimasero a guardare con gli occhi fuori dalle orbite la stranezza dell'evento. Marmo che galleggiava come pomice? Secondo il vescovo di Lipari Agaton non c'era ombra di dubbio. Dio stesso gli diceva che nelle bare c'erano le ossa di San Bartolomeo che in Armenia era stato spellato vivo e poi era stato decapitato e ora con i suoi seguaci cercava asilo presso i devoti Liparoti. Non c´é da meravigliarsi se San Bartolo é venerato a Lipari, a Salina, Alicudi, Stromboli."
Jacob scende giù dal terzo scalino e rientra nel suo ruolo di guida turistica, riprendendo da dove era rimasto.

"Una fitta ragnatela di storie è stata tessuta riguardo alle reliquie che da Lipari sarebbero state rubate e per vie avventurose avrebbero vagato nel Mediterraneo finché solo l'osso del dito pollice sarebbe infine ritornato a Lipari dove è stato posto su un braccio d'argento in gesto benedicente. Questa reliquia è custodita in una Chiesa anch'essa con una storia incerta. Fu eretta sulle rovine di una cappella nel 1785 e fu terminata nel 1895. "
Sono stupefatta di fronte a Jacob.
"Ma hai studiato a memoria tutto un testo di storia?"
"Si, perché?"
"Non l'avrei detto. Ti faccio i miei complimenti!"
"Grazie. Vieni, proseguiamo."
Jacob continua a comportarsi come una guida. Sembra gli piaccia. Già da ragazzo gli piaceva, e quanto mi dava sui nervi! All' improvviso arrivava di corsa in camera di Anna, si metteva in posizione e iniziava a declamare con molta enfasi. Atteggiamento che non ha perso.
"I vulcani sono così chiamati dal nome del dio romano del fuoco, nonché fabbro, "Vulcanus."
Presso i greci il suo nome era "Hephaistos" ed era una delle dodici divinità dell' Olimpo. Il suo compito era quello di forgiare utensili e armi per gli altri dei. Nella mitologia romana viveva all interno dell' isola di Hiera, oggi Vulcano. Da quelle parti viveva anche il dio dei venti Aeolus, da cui viene il nome di isole Eolie.
Il nome di Stromboli non è collegato a nessuna divinità, ma lo deve alla sua forma circolare.

Infatti anticamente si chiamava "Strongyle" che semplicemente vuol dire „trottola."
Inoltre sappi che le isole Eolie sono nate dal mare solo per un caso fortuito allorché il dio del fuoco, di pessimo umore, scagliò furiosamente il più lontano possibile enormi massi incandescenti. So che i geologi la pensano però diversamente."
Mentre cammino accanto a Jacob non posso fare a meno di notare quanti lo salutano. Del resto è ovvio, lui e Anna vengono qui da molti anni.
Lei aveva fatto un viaggio-studio sui tre vulcani: Vesuvio, Etna e Stromboli e di quest' isola si era subito innamorata. L'autunno seguente era ritornata qui con il fratello Jacob e tanto hanno fatto che hanno convinto i genitori a farsi imprestare i soldi per comprare la casa.

Arriviamo ad un grande campo sportivo con tanto di illuminazione, dedicato ad un certo Stefano. Interrompo la conferenza di Jacob che sta cominciando con l' argomento sui primi colonizzatori dell' isola, e chiedo:"Mi sai dire che cosa cresce su per la montagna?"
"Tante specie, non sono molto ferrato in botanica! Una volta qui erano tutti vigneti. Per proteggerli dai venti piantavano canne come barriere e sono queste che ora vedi crescere ovunque da quando le coltivazioni sono state abbandonate.
Anticamente l'isola era coperta di boschi, ancora oggi c'è qualche quercia. Dov'ero rimasto?"
"Ai primi abitanti."

"Giusto. Durante scavi nella zona subito sopra San Vincenzo si sono trovati resti di insediamenti preistorici risalenti all 'età della pietra, intorno agli anni 4000/5000 a.C."
"Che cosa cercavano qui questi primi uomini?"
"Ossidiana. Questo vetro nero prodotto dal vulcano si poteva più facilmente della silice trasformare in coltelli e punte di frecce e presto le isole E-olie divennero un fiorente centro di esportazione di questi prodotti in tutto il Mediterraneo. Da un punto di vista culturale possiamo dire che un secondo momento importante di sviluppo è stato nell' età del bronzo, tra gli anni 1000/1200 a.C. quando cominciarono ad esportare verso la Grecia lo zolfo e l'allume… Insalata."
"Cosa? Insalata verso la Grecia?"
"No," dice Jacob fermo sulla porta di un negozio di alimentari, "abbiamo bisogno di un' insalata!"

Proprio a sinistra dell' entrata, seduto alla cassa, c'è un uomo che appena entriamo saluta Jacob calorosamente con bacio a destra e sinistra sulle guance e la stessa cosa fa con me quando gli vengo presentata come un'amica e qualcos'altro che non ho capito.
"Buongiorno", è al momento l'unica cosa che so dire.Un fiume di parole mi si riversa addosso insieme ad altri due baci. Posso solo stringermi nelle spalle e guardare Jacob con aria perplessa.
"Non parla italiano."
Il viso sorridente dell' uomo diventa triste.
"Peccato, ich nicht Deutsch. Mir leid."

Non è lui che si deve scusare. A me dispiace di non parlare l' italiano. Quando vado in un paese straniero vorrei poter comunicare. Si può sapere di più sulla vita delle persone conoscendone la lingua. Ma per l' Italia non ero preparata. Mi guardo intorno, curiosa. I negozietti come questo dove si trova di tutto dalle stoviglie all'aglio, da noi ormai non esistono più. Tutto è accatastato sulle mensole piene fino al soffitto se pur diviso per prodotti. Il piccolo angolo riservato alle verdure non sembra essere molto curato. Devo un po' rovistare nella cassetta prima di trovare un cespo d'insalata passabile. La stessa cosa per i pomodori. Non voglio mettermi a far la difficile. Immagino la difficoltà di ordinare merci al momento giusto e nella giusta quantità quando la puntualità delle consegne dipende dall'attracco della nave. Metto in una busta la mia insalata e una manciata abbondante di pomodori e vado alla cassa tornando indietro dove Jacob sta animatamente chiaccherando con un altro uomo. Mi sembra di capire che non abbia alcun problema con l' italiano. Al momento di andarcene il proprietario di nuovo baci e abbracci al „pove-rino" che stasera è in partenza. Almeno così mi è sembrato di capire. E a me un sorriso con un elegante inchino.
"Compro qui anche nei prossimi giorni?"
"Qui oppure ci sono altre due botteghe. Più avanti scendendo dopo la piazza. C'è anche una macelleria. La carne non è male. Purtroppo la settimana scorsa ha chiuso.
Nessuno sa quando e se riaprirà. Peccato. Mi mancheranno molto le sue salsicce con il finocchietto."

Non lo sto più ascoltando attentamente perchè mi guardo intorno. Noto che le boutique qui non scarseggiano. Negli ultimi cento metri ne ho viste almeno tre. Certamente trovo qualcosa da portare a Sofia. Sento che vicino a me prosegue il flusso della dissertazione. Qua e là acchiappo qualche frase.
La storia, tramandata oralmente inizia con la cacciata degli Etruschi da parte dei greci nella battaglia di Cuma del 474 a.C. Poi sono giunti i romani che nel 252/251 a.C. conquistarono Lipari.
Siamo arrivati in una grande piazza e ci troviamo di fronte una Chiesa color ocra. La facciata è alta circa 15 metri con cornici ocra un po' più scuro. Sulla destra svetta un campanile di pianta quadrata e a sinistra una costruzione circolare con una grande cupola. Una Chiesa così grande per una piccola isola! Segno di grande devozione? Meglio non fare domande.
"Questa Chiesa è dedicata a San Vincenzo Ferreri, un domenicano proveniente dalla Spagna. Viene rappresentato con le ali come angelo giudicante ed ha sulla fronte la fiammella della sapienza. In una mano ha un libro, nell'altra una tromba. Tiene lontane le malattie e le catastrofi naturali."
Jacob non fa una pausa. Mi rintrona il cervello!
"Ti fa piacere una granita al limone?"
Finalmente qualcosa di ameno!
"Certo che si!"
Sulla piazza, a sinistra, c'è un bar, "Bar Ingrid."

Gli hanno dato il nome della famosa attrice per ricordare il film di Rossellini "Stromboli, terra di Dio" che in estate viene spesso proiettato qui sulla piazza usando come schermo la parete bianca della casa di fronte.
Poco fa siamo passati davanti al "Museo Ingrid Bergman" allestito nella casa in cui il regista Rossellini alloggiava durante le riprese del film. Pare che alla sera, con il buio, attraversasse il giardino per entrare senza essere visto nella casa accanto dove stava la Bergman. Il ricordo di questa forma di rispetto delle apparenze sembra risulti ancora interessante anche se si riferisce a fatti accaduti nel lontano 1949.
Mi gusto una meravigliosa granita con vista sul mare, e intanto ascolto. Vedo eleganti barche a vela e una imponente roccia nera con in cima un faro, che si erge al di sopra di una cornice bianca di schiuma. Sembra una torta poggiata su un centrino di pizzo.

Naturalmente, anche ora Jacob ha da raccontare e mi spiega che Strombolicchio non è altro che la lava solidificata che si trovava all'interno di un vulcano molto più antico di questo.
Ma sarà capace di stare un po' zitto! Naturale che voglio sapere tutto dell' isola, ma non tutto in una volta! Starei qui un po' in silenzio a guardare le barche nel loro dondolio e il cielo dove leggere nuvole, a volte come tanti palloncini uno vicino all' altro a volte come strisce sfilacciate, nel loro rapido inseguirsi vanno componendo forme sempre diverse.

Ora vedo una lepre di forma allungata e un profilo con un naso a patata.

"Non mi piace."
Strappata alle mie fantasie, chiedo: "Che cosa non ti piace?"
"Il vento sta girando da Ovest a Sud-Est: Scirocco. Speriamo non aumenti altrimenti stasera avremo qualche problema. Proprio, di nuovo, non ci vorrebbe."
Gli basta guardarmi per vedere che non ho capito.
"Quando c'è scirocco il vento viene proprio dritto sul molo e, se è troppo forte, la nave non può attraccare. Pazzesco! Non ho mai visto d'Agosto un susseguirsi di sciroccate come quest'anno."

Sulla piazza della Chiesa è ferma un'Ape verde e vicino c'è un tipo dai folti capelli neri e fitta barba brizzolata. Si rivolge a me mostrandomi il contenuto del cassone. Su un letto di ghiaccio c'era la metà di un grosso pesce di una lucente carne rosa pallido. Aveva un bell' aspetto.
"Jacob, posso comprare del pesce per stasera? Potrei cucinare per voi."
"No, lascia stare, Stefan ci procura sempre il pesce fresco. In frigo c'è ancora un pezzo di tonno. Penso che basti per noi tre. E, per come conosco Eva, ha già preparato tutto. È una brava cuoca."
Questa donna sta diventando inquietante. C'è qualcosa che non sa fare?

Sulla strada di casa Jacob mi dà qualche altra informazione su dove rivolgermi se voglio salire sul vulcano, con chi fare il giro dell' isola e come fare assolutamente una gita a Ginostra, possibile anche con aliscafo, con partenza al mattino alle 7,30 e ritorno di pomeriggio alle 16. In quale ristorante andare a mangiare, cosa ordinare e cosa no.
"Oggi pomeriggio devo scriverti tutto."
Sono commossa da quanto è premuroso verso di me. Non mi capita spesso.

Passo il pomeriggio dove finisce la "spiaggia lunga", così viene chiamata, sotto una roccia sporgente, un bel posto all'ombra dal quale posso osservare tranquilla quello che fanno gli altri che sono lì. Vedere la baraonda dei bambini è uno spasso.
Devo essermi addormentata perché quando guardo l'ora sono già le quattro e mezza. Proprio un'ora limite per poter aiutare Eva in cucina. Anche se non mi è stato chiesto. Dopo aver fatto la doccia, questa volta mi ero portata giù tutto il necessario, arrivo sulla terrazza e in quel momento sento il tappo del prosecco che salta per aria. Eva è sulla sdraio con le gambe stese al sole, Jacob riempie i bicchieri e li porge ad Eva e a me.
"Allora salute, tesoro, alla nostra bella vacanza e alla tua futura, Franziska, che tu, da sola, ritrovi la tua pace."
Alziamo i bicchieri. È ghiacciato e spumeggiante, niente di meglio in un pomeriggio così caldo.

"Che cosa posso fare, Eva? Mi dispiace di non essere arrivata più presto. Mi sono addormentata sulla spiaggia."
"Nessun problema. Non c'è spazio per due in cucina, e del resto c'era ben poco da fare. Solo mettere il pesce in padella. Casomai potresti lavare i piatti se si fa tardi."
"Ma certo. È ovvio."
Mai vista una così bella preparazione. Non sono particolarmente amante del sushi, ma questo pesce spada crudo tagliato così sottile, marinato da ieri in olio e limone con aglio prezzemolo e Tandoori, spezia finora sconosciuta per me, è veramente sublime. Dovrò provare a rifarlo. Anche il tonno alla piastra, che ho mangiato prima, non ha paragoni. Anche Jacob e Eva pare lo gradiscano. E sono anche molto tranquilli. In prossimità di una partenza io non potrei buttar giù niente.
L' ansia però comincia a manifestarsi più tardi. Quando alla sera arriviamo al molo tutti e due diventano nervosi. Il vento sembra debba aumentare. Nel piccolo bar "Blu notte" proprio di fronte al molo, Eva ordina una camomilla mentre Jacob preferisce un doppio whisky. Ogni 5 minuti controlla sullo smartphone le previsioni del tempo.
"Il vento dovrebbe rinforzare non prima delle 11. Forse siamo fortunati. Del resto se hanno venduto i biglietti è perché hanno valutato che la nave potrà fare operazioni di sbarco e imbarco. Basta poter salire. Una volta in mare aperto anche se ondeggia un po' non c'è problema."

Buono poterlo dire, io non potrei. Al mare non sono abituata e sono felice di non dover salire oggi sulla nave, anche se dover tornare da sola a casa al buio non sarà il massimo.
Mi inquieta anche un po' l'idea di passare i prossimi giorni in una casa che mi è estranea, in un posto che non conosco di un paese straniero del quale neppure parlo la lingua. Ma al mio quarantesimo compleanno mi sono ripromessa che non mi sarei tirata indietro di fronte a nessuna sfida.
"Ecco, la nave sta arrivando!"
Jacob butta giù l'ultimo sorso di whisky e si alza. Ora la vedo anch'io. È a destra, tutta illuminata, e sta spuntando da dietro le rocce. Vista da qui, sembra attraversare il buio con tranquillità e in tutta calma, ma al suo avvicinarsi l'impressione è ben altra. Oscilla parecchio sbattendo su e giù. C'è un po' di agitazione tra le molte persone ferme sul molo ad aspettare. È l'ultimo giorno della settimana di ferragosto, perciò sono molti quelli che devono partire. Jacob afferra la valigia che Stefan aveva già portato sul molo mezz'ora prima delle otto, e mi abbraccia.
"Ti saluto ora perché sicuramente sarà tutto un frenetico correre. Divertiti sull'isola e buona fortuna."
Augurio destinato a realizzarsi pienamente.
Eva con un gesto mi bacia virtualmente a destra e sinistra sulle guance mentre si spinge avanti insieme a tutti gli altri. In mezzo alla folla vedo Stefan che li saluta. Jacob gli dice qualcosa e insieme si voltano versi di me.

Anche la donna dai capelli neri che sta accanto a Stefan si gira e mi squadra dalla testa ai piedi, poi gli poggia la mano sulle spalle e se ne vanno. Ora non li vedo più. Troppa gente.

Affascinata sto a guardare cosa fa la nave, come si gira sul proprio asse mentre l'ancora con un forte rumore di catene scende sul fondo, e come lentamente si avvicina. La poppa con i suoi grossi fari in alto, si erge davanti a me, scivolando sul letto di bianca schiuma che lei stessa produce. Quindi una cima vola in aria e uno degli ormeggiatori con un raffio la tira su dall'acqua per fissarla saldamente ad una bitta. Ne vola una seconda. Le corde vibrano nel tendersi e miriadi di goccioline si spandono tutt'intorno nella luce notturna. Si sente forte uno sferragliare e il portellone comincia ad aprirsi e a scendere. All'improvviso si sentono urla, la cima sinistra si affloscia e presto anche la destra. Vengono mollate e la nave si sposta verso sinistra allontanandosi dal molo. Sulla ciminiera una nuvola nera vola via, il portellone si richiude e la nave si allontana. "Scheisse, das war's!" dice uno vicino a me con la valigia in mano.

Ora la nave si riavvicina. Due cime volano contemporaneamente e rapidamente raccolte vengono incrociate sulle bitte e poi ancora una a destra e una a sinistra. Cigola il portellone che veloce si appoggia sulla banchina. Un grande parapiglia. Da destra scendono di corsa i passeggeri in arrivo e a sinistra altrettanto di corsa salgono quelli che devono partire.

Un grosso autocarro che a motore acceso era pronto per sbarcare, viene fatto retrocedere. Le verdure fresche che dovevano rifornire l'isola, dovranno farsi un giro su Napoli. Solo due piccole motoapi riescono a passare sotto le cime tese incrociate.
Poi risuona un fischio, vengono mollati gli ormeggi e la nave in un turbinio di schiuma si allontana lentamente dal molo.
Un bel teatro, ma prego chiunque, anche San Bartolomeo, che quando dovrò partire non succeda la stessa cosa. Sarebbe terribile.

Il molo si svuota. Sto lì un attimo con una sensazione di abbandono. Però era quello che volevo. Bisogna saper accettare le conseguenze delle proprie azioni. Ancora una frase fatta. Sicuramente l'ho sentita dire da qualche regista.
La partenza di una nave mi fa sempre provare un senso di struggimento. Si stacca lentamente dalla banchina, è ancora tanto vicina, eppure irraggiungibile. È già qualcosa di definitivo. Anche quando un treno parte non si può più nè salire nè scendere, ma la separazione è rapida. Forse dovrei tornare a casa prima che la malinconia mi renda disperatamente triste.
Quando arrivo all' altezza del piccolo bar, mi passa accanto Stefan su un motorino. La donna dai capelli neri che era con lui sul molo è seduta sul sellino posteriore e se lo abbraccia stretto con la testa appoggiata sulle sue spalle. Non mi vede. Peccato.

Avrei bevuto volentieri un bicchiere di vino con lui.
A quanto pare ha di meglio da fare.
Il vento va aumentando. A casa, mentre cucinerò, insinuandosi nel camino emetterà ululati e stridii come un gufo nei film dell'orrore. Inquietante. È veramente buia la strada.
Con tutte le cose che mi ha raccontato Jacob, si è dimenticato di dirmi che a Stromboli non c'è nessuna illuminazione. Anni addietro lungo i muri delle strade, dal molo a Piscità erano state incassate piccole lampade, ma dopo un breve periodo di prova, questa modernizzazione non è più andata avanti.
Avrei bisogno di una pila o anche del mio telefono ma l'ho lasciato sul tavolo in terrazza secondo il mio proposito di tenere lontano quanto più possibile tutto quello che riguarda la mia vita al di fuori di quest'isola.
Ora però, vorrei un po´ di luce. È veramente buio. Spero sia vero che l' occhio si abitua all' oscurità così da non perdermi. C'è solo una strada di sotto e una di sopra che si incrociano proprio poco prima della casa.
 Sul mare le luci della nave si vedono appena in lontananza. Ma all'orizzonte, verso sinistra tra mare e cielo, l'uno di un nero profondo e l'altro di un profondo blu, vedo una luminosa striscia rossa che lentamente si allarga. Cosa sarà? Una nave da crociera con un gran festone di luci per un Captains-Dinner?
Cinque minuti dopo capisco. Altro che Captains-Dinner! Altro che nave da crociera! È la luna!

Non mi sono ricordata che quando sorge è così luminosa e così rossa e molto più grande di quando è alta in cielo. Si tratta di un'illusione ottica. Al riguardo Lukas almeno una volta all'anno con molta pazienza mi ripeteva la spiegazione per farmi capire che non si tratta di un fenomeno fisico.
Più di 2000 anni fa ad un greco famoso, un certo Claudio, era venuta l' idea che quest' effetto fosse da attribuire ad un effetto- lente dell'atmosfera. Ma la spiegazione non era stata convincente. Si è in seguito arrivati alla spiegazione di come il colore dipenda dalla scomposizione della luce. Infatti quando la luna è molto bassa sull' orizzonte, le radiazioni blu-verdi vengono maggiormente assorbite dall' atmosfera per cui la luce che ci arriva è composta soprattutto da onde rosse che sono anche le più lunghe e quindi le più evidenti.
Caro Lukas, le tue lezioni non sono state inutili, come vedi. Anche se, ad essere sincera, ancora oggi non posso dire di aver capito perfettamente.
Quando è stata l'ultima volta in cui ho camminato al buio? In campeggio al Mar Baltico. Le abituali passeggiate di notte, nel bosco. Per dimostrare a me stessa di essere coraggiosa. Anche se trasalivo ad ogni fruscìo o schricchiolìo inaspettato. Ma non ero sola, ero mano nella mano con Anna, e c'erano, per via, almeno altri 10 del nostro gruppo.
Forse dovrei, come allora, tenere un diario su cui scrivere le mie esperienze nuove e quelle che mi sembra di rivivere. Dopo la pubertà non l'ho più fatto.

Quantomeno ora c'è un po' di luna. Mi meraviglia sempre vedere con quanta velocità si muove. Si è alzata sull' orizzonte, m è luminosa e chiara e non più rossa. Non mi sento più a disagio. Ora è bello camminare nella quiete della notte. Poche case hanno luci alle finestre.
E di nuovo mi sento immersa nello stesso profumo di quando sono arrivata. Ma ora che è notte mi sembra ancora più intenso. Cammino in una nuvola di fiori e di miele. È il gelsomino, questo ho imparato oggi.
Avvicinandomi alla casa sento una musica piuttosto forte proveniente della spiaggia lunga. Probabilmente ci sarà una festa. Potrei andare lì e chiedere se posso partecipare anch'io. Potrei portare una bottiglia. Vorrei, ma non ho il coraggio di farlo. Quindi, con un bicchiere di vino, mi siedo da sola sulla terrazza. Devo telefonare ai miei figli. Domani ci sarà il funerale del padre. Non sarà facile per nessuno dei due. Sven è irraggiungibile, mentre Sofia risponde al secondo squillo.
"Ciao, mamma."
"Ciao cara, come ti senti?"
"Sono triste, molto. Anche se già da molto tempo non viveva più con noi e la sua nuova donna rendeva difficili i nostri rapporti. Ma di lui ho tanti bei ricordi."
"Proprio così."
"Per Sven è diverso."
"Lo so."
Dopo la nostra separazione Sven ha avuto grossi problemi con il padre.

Non riusciva ad accettare che il padre si fosse innamorato di un'altra donna. Si sentiva lui stesso tradito. Quali spiegazioni dare ad un bambino di sei anni per fargli capire che non era così?
"Tu vai al funerale domani?"
"Si, vado. Ho finito ieri il mio semestre di lavoro e inizio il praticantato alla fine di settembre."
"E Sven? Al telefono è irraggiungibile."
"Lui non viene. Dice che fino a domani non si può muovere. È da qualche parte sulle Rocky Mountains con la famiglia che lo ospita. E tu, come va su quell' isola?"
"Ancora non so che dire. Ho accompagnato alla nave Jacob ed Eva. Devo ancora capire come mi sentirò qui da sola."
"Sono sicura che te la saprai sbrigare. Dormi bene, mamma."
"Anche tu. Un abbraccio."
"Ti abbraccio anch'io."
Vorrei prenderla tra le braccia e stringerla a me "per davvero" come dice Sven e anche io vorrei essere abbracciata.
Michael, dopo che gli ho dato la notizia, non si è ancora fatto vivo e al telefono risponde sempre la segreteria. Chissà dove diavolo è in giro per il mondo! Penso che dovrebbe sentire molto la mia mancanza e per questo aver voglia di parlare con me. Chiaro che non è così. Mi verso un altro bicchiere e parlo con la luna che ora è proprio sopra di me tonda e piena.
"Alla sua salute, signora, un applauso. Ora è lei di scena!"

Lei non si risparmia e si esibisce in tutto il suo repertorio. Dei piccoli baffetti la fanno somigliare ad un famigerato personaggio, quando poi rapidamente si trasformano in baffoni girati all'in su somiglia ad un altro e poi quando ricadono verso il basso assume un' aria triste. Ma non dura a lungo.
Mi guarda ammiccando alla Groucho Marx e non ha finito con le sue performance. Ora sembra un po' Greta Garbo con occhiali da sole, e ora che si gira di profilo? No, ora è più convincente forse vederla con un cappello di paglia di traverso ed è evidente la somiglianza con Maurice Chevalier mentre canta ,, thank heaven for little girls..."
Di che cosa ha bisogno la luna per queste eccellenti interpretazioni? Solo dello sfilacciarsi di una nuvola, niente di più.
Meglio se vado a letto. La bottiglia di vino è finita.

-.-.-

Dei colpi alla porta mi svegliano strappandomi ad un bel sogno. Stavo nuotando in mezzo a pesci colorati e mi sentivo molto leggera. Sul momento non riesco al orientarmi nè a capire che cosa sia quel rumore. Mi sono addormentata molto tardi ieri sera. Il vento aveva sbattuto forte contro le finestre e quanto ai colpi del mare non vi sono parole, ogni onda che sbatteva sugli scogli faceva tremare tutta la casa, o almeno sembrava.
Bussano di nuovo. Chi può essere? Chi può volere qualcosa da me? Non conosco nessuno. Meglio che non risponda. Ma ora sento chiamare il mio nome. "Franziska!" e di nuovo: "Franziska, apri per favore!"
Non mi rimaneva nient'altro da fare che alzarmi così com'ero e scendere giù dove ho visto una T-shirt lavata e dei pantaloncini scoloriti. Non potevo certo immaginare di ricevere la visita di un uomo a quell'ora del mattino. E invece era proprio lì davanti a me. Un uomo. Che là per là non riconoscevo.
"Guten Morgen...buongiorno," balbetto confusa.
"Buongiorno, Franziska. Sono Stefan."
Mi tende la mano. È bella al tatto, liscia e forte.
"Scusa se ti ho svegliato così presto. Ma devo aiutare Gaetano a tirar su le nasse dei gamberi e poi sto via tutto il giorno perché dobbiamo riparare la sua barca. Voglio solo lasciarti al volo il mio numero di telefono. Per qualsiasi cosa, chiamami. Jacob mi ha incaricato di occuparmi di te."

Vuole occuparsi di me e non c'è in tutto il giorno.
È uno scherzo?
"Ecco," mi porge un pezzetto di carta "per ogni
evenienza. Verso sera torno. Abito proprio qui
sopra. Guarda," e mi fa vedere qui davanti una casa
a due piani. "Vedi quella finestrella lì sopra? Sto lì.
Se fai un grido ti posso sentire. Ciao, devo scappare."
Mi sorride e corre giù per la scala. Rimango lì at-
tonita. Quel sorriso mi ha scaldato il cuore. Torno
in casa scrollando la testa. "Non dare i numeri,
Franziska! Meglio che ti fai un caffè."
Sul tavolo c'è un foglio: è la lista di Jacob sulle cose
da fare. Dovrei applicarmi al più presto perché due
settimane passano in fretta. Quali cose per Jacob
sono prioritarie? Il foglio è tutto pieno.
Oggi: mattina, passeggiata in paese per fare la spesa
e prenotare la salita al vulcano. Pomeriggio: non andare a nuotare perché il mare è ancora mosso. Sera:
godersi dalla terrazza lo spettacolo del tramonto
con un drink ghiacciato.
Giorno seguente: al mattino fare il giro dell' isola
con fermata a Ginostra. Si prenota al porto. Al pomeriggio sul tardi fare una passeggiata fino all' "Osservatorio" con cena e vista sui crateri. Fare la
strada panoramica. Si prende dalla piazza san
Vincenzo e arriva sopra all' Osservatorio dove si in-
crocia con la mulattiera che parte da Piscità. La
strada passa attraverso il vecchio cimitero, fermarsi
a guardarlo.

In alternativa: poltrire leggendo e ammirando mare e cielo in totale relax. Se ti viene voglia di saperne di più sull' isola trovi da leggere in casa.
Vedo infatti un grande libro dal titolo "Stromboli" che ha sulla copertina una fontana di fuoco.
Jacob pare abbia l'idea che io non sia mai andata a fare un viaggio per una vacanza. A dire il vero potrebbe aver ragione. Un luogo isolato come questo non l'avevo mai visto e del resto poche volte mi sono mossa da sola. Non mi ha mai attirato l'idea. Comunque oggi non ho voglia di seguire nessuno dei suoi consigli tranne che guardare il mare e il cielo.
Ma prima la colazione. Di pane ce n'è ancora e uno sguardo al frigo mi dice che per oggi non devo fare spesa. C'è un pezzo di formaggio, un panetto di burro, una busta iniziata di prosciutto, un barattolo con un po' di marmellata. Fino a domani mi basta.
Nello scaffale c'è pasta e una lattina con pomodori a pezzetti se dalle figure capisco bene quel che c'è scritto. Le cipolle e l'aglio sono in un cestino appeso ad un gancio fissato al soffitto. Anche la cena è assicurata.
Vedo un messaggio sul telefono. Michael. Finalmente. È sintetico.
"Ci sono novità. Ci sentiamo."
Né un saluto o un bacio o due notizie. Dalla sua forma telegrafica deduco che devono esserci importanti novità. Probabilmente qualche nuovo progetto. Questo lo assorbe sempre completamente. Anche dalla mia agente ancora nessuna notizia.

Vorrei avere conferma del mio appuntamento a Londra il mese prossimo. Mi mette in agitazione. Meglio che non ci pensi e che ora mi goda questa giornata. È stata sempre una donna efficiente e certo si farà sentire al momento giusto.
Bevo il caffè fuori sulla terrazza. Ma dopo un po' comincia già a fare troppo caldo. Mi faccio un panino con prosciutto spalmandolo di burro, raduno le mie cose da spiaggia e prendo una bottiglia di acqua da bere, infilo il tutto in uno zaino sgargiante appeso dietro la porta e mi avvio verso il „mio" posto all'ombra sotto la roccia.
La spiaggia si è svuotata e in acqua non c'è nessuno. Il mare è ancora mosso, anche se non troppo. Le onde lentamente una dietro l'altra vengono verso di me frangendosi sulla riva ma ogni tanto è come se la prima trovasse un ostacolo e a mezz'aria si fermasse lasciandosi raggiungere da quelle che arrivano dietro cosicché unite si trasformano in un'unica onda impetuosa che sbatte con violenza sulla spiaggia e rapidamente si ritira. Mi metto a contare le onde, ma non appena mi sembra di notare una certa regolarità cioè che ogni sette più lente e più basse ne arriva una più grande, ecco che due onde belle grosse si susseguono una dietro l'altra. Questo vuol dire che non mi devo illudere di poter conoscere il mare.
Devo essere caduta in una specie di stato di trance, perché tirando fuori dalla tasca il telefono mi rendo conto che sono passate due ore da quando ho steso l'asciugamano e mangiato il mio panino. Vabbeh!

Non importa. Nella lista di cose da fare oggi è la giornata dell'ozio. Controllare se mi arrivano notizie da Michael non è possibile. Qui non c'è campo. Michael. Lui dice di essersi subito innamorato di me la prima volta in cui ci siamo incontrati alle prove. Io di questo primo momento non ho un ricordo così preciso. Prima di iniziare una relazione con lui è passato del tempo. Ricordo che al suo arrivo eravamo già tutti seduti al tavolo e lui dalla porta ci aveva squadrati per un secondo. Poi, ravviandosi il ciuffo ribelle che gli cadeva sulla fronte aveva detto: "Buongiorno, sono Michael Kranich," e il suo sguardo aveva indugiato per un attimo nel mio. Bella voce, ho pensato.

Mi sentivo ancora così triste per la mia separazione che non volevo impelagarmi mai più con nessun uomo. Mai più correre il rischio di dover elaborare una eventuale perdita. Ma lui mi ha corteggiato, con costanza. Un mio "no" lo incoraggiava, e questo mi aveva colpito. Mi stupivano i suoi insoliti regali, mi portava in locali che non conoscevo, mi ha avvicinato a della musica alla quale mai mi ero interessata. Eravamo incredibilmente frivoli. Di rado ho riso così tanto.
Se mi piacerebbe che fosse qui ora? Ad essere sincera: no. Penso che lui con la sua ordinata quotidianità sia incompatibile con quest'isola. Come reagirebbe oggi che non si possono comprare verdure fresche perché il camion ieri sera non è potuto sbarcare?

Come minimo si arrabbierebbe e io mi sentirei in colpa per averlo trascinato qui. Per quanto se il vento è forte io non posso farci niente.

Arriva gente. Una coppia con due figli all' incirca di 4 e 6 anni. La piccola sul bagnasciuga si diverte a correre avanti e indietro cercando di non bagnarsi i piedi e facendo acuti gridolini quando invece le onde la bagnano con spruzzi anche sul viso. Suo fratello cerca di lanciare lontano le pietre e quando una fa un bel tonfo nell' acqua alza le braccia felice in segno di vittoria.

Mi fanno pensare ai miei figli. Facevamo anche noi queste cose quando erano piccoli e andavamo sul Baltico. Cercavamo le pietre piatte per farle saltare dentro e fuori sul pelo dell 'acqua il più a lungo e lontano possibile. Lukas era il più bravo e io un'assoluta schiappa! Gongolava perché io non riuscivo mai ad eguagliarlo. Sven una volta è stato fortunato e il padre gli ha detto: bravo il mio giovanotto! Ma la sua espressione era quella di uno non contento di essere stato battuto.
E oggi sarà sepolto. Come sta veramente Sofia? Non va bene che Sven non sia con lei, che non abbia fatto l'impossibile per cercare di raggiungerla. Sarebbe stato importante anche per lui. Forse poi se ne pentirà. Un rituale che renda definitiva la separazione è meglio di una lontananza senza fine. Questa sera devo assolutamente telefonare a Sofia per chiederle come è andata.

Non sarà una giornata facile per lei! Essere sulla tomba di un genitore è una dura prova. Troppe sono le emozioni.

Quella persona che c'era fin dal nostro primo giorno di vita e che di noi si è sempre occupata ora non può più farlo perché non c'è più. Per quanto da adulti si sia stati lontani, nel momento della sepoltura per la prima volta ci si rende conto di essere rimasti soli nella vita. Si acquisisce la certezza che sopra di noi, in ordine di successione, non c'è più nessuno. Ora la nostra è la generazione più anziana. Siamo noi quelli che devono tracciare la strada a chi ci segue.

La famigliola mi si è avvicinata in cerca di un po' d'ombra e io sono nell'unico posto dove si può trovare.
Credo che il resto del pomeriggio lo passerò sulla mia sdraio in terrazza. Devo anche decidermi a guardare il copione. Essere venuta qui ha un po' a che fare con la mia chiamata a Londra. Ho pensato che essere vicina al mare avrebbe potuto aiutarmi a capire meglio la personalità di Ellida e quindi ad intrerpretarne meglio la parte.
,,La forza attrattiva del mare. La nostalgia del mare. Al mare l'umanità deve la sua progenie e a ritornarci aspira. Una specie di pesce, che ha fatto un salto nella scala evolutiva. E' rimasto qualcosa, una qualche traccia nell'anima umana? In ogni singolo uomo?

Qualche immagine della vita pulsante nel mare e di cose perdute? Il mare domina i sentimenti, esrcita su di essi una forza che si impone come volontà. Il mare ci ipnotizza, la sua natura stessa sa farlo.
Il grande segreto è l' assuefarsi della volontà umana alla perdita di volontà."
Parole sagge, mister Ibsen. Bisogna che io ci rifletta molto attentamente visto che proprio di questo tratta "La donna del mare."

Forse posso pensare meglio se prima mi faccio due spaghetti e ci bevo su un bicchiere di vino. Raccolgo tutte le mie cose, con un cenno del capo saluto il gruppetto di famiglia che amichevolmente ricambia e vado a casa.
Ottimi gli spaghetti, ma non ho riflettuto su Ibsen bensì su quello che mi ha raccontato Sophia.
Durante la cerimonia funebre, i figli Sophia e Sven non erano stati neppure nominati. Come se non esistessero.
"Qualcuno mi ha chiesto chi fossi. Ti rendi conto, mamma? Ho ringraziato il cielo che Sven non fosse con me in quel momento. Sarebbe stata la goccia che fa traboccare il vaso. Per quanto per me poter piangere sulla sua spalla sarebbe stato di conforto."
"Neppure c'era la mia di spalla, nè le mie braccia."
"Non crearti problemi. Ne abbiamo già parlato. Non avresti potuto venire, non te l'avrebbe permesso la sua "signora". Io me ne sono andata al più presto e sono andata da Anna. Da lei finalmente ho potuto piangere."

Povera Anna. Quante volte l'ha tenuta fra le braccia quando non c'ero. Eppure aveva 4 figli e un lavoro che le portava via parecchio tempo. Ci è mancata molto quando si è trasferita a NewYork. Ma ora per fortuna è tornata.
"Hai voglia di venire qui, Sofia? Credo che ti piacerebbe."
"Meglio di no. Penso ti faccia bene per una volta stare da sola e fare quello che vuoi. Di solito hai troppe cose a cui pensare e inoltre ti devi preparare per la tua nuova parte. Ti voglio vedere a Londra sul palcoscenico."
"Ancora non è deciso."
"Sono certa che lo sarà. Ah, stavo dimenticando. Mi ha telefonato Michael. Oggi non è riuscito a parlare con te, per cui ti ha lasciato un messaggio sulla segreteria telefonica. Parte stasera. Mi ha detto per dove, ma ho dimenticato. È un nome straniero con tante consonanti e finisce in "itsch." Un posto sperduto in mezzo al nulla dove probabilmente non ci sarà connessione. Si occuperebbe di un progetto al quale tiene molto e che spera vada a buon fine. Qualcosa ancora non del tutto maturo, per cui preferisce non parlarne in caso non se ne faccia nulla. Dice di incrociare le dita."
L' ho ascoltato nella segreteria. Tipico. E'superstizioso. E come al solito il messaggio si conclude con un „ti amo."

Che progetto può essere? Vorrebbe avere un ruolo in un film. Più volte ne ha parlato. Ma finora non gli è stato mai proposto.

So che ultimamente si è dato da fare per trovare contatti nel mondo del cinema. Ha anche pensato di cambiare agente, sospettando che in questo campo non si impegnasse abbastanza per lui.
Gli auguro con tutto il cuore di riuscire, visto che ci tiene così tanto.
Io già un paio di volte ho lavorato, una volta per il cinema e una volta per la TV.
Solo due piccole parti, per quanto il ruolo nel film sia stato abbastanza importante e si può dire di un certo successo, tanto che, viste le molte critiche positive, avevo poi ricevuto un'altra proposta. Però non accettata. Mi è sempre piaciuto di più il mondo del teatro.
Nel cinema, quando si gira una scena, allo scoccare del ciak l'emozione deve immediatamente manifestarsi e questo non fa per me. Per manifestare un'emozione io ho bisogno che mi si sviluppi dentro attraverso un lento processo di concentrazione. Così come le onde del mare oggi. Con ritmo lento arrivano da lontano e via. Questo non vuol dire che non accetterei una parte interessante in un film se fosse di buona qualità.

Si è fatto buio ma non c'è la luna con cui parlare. Forse è presto. Se ben ricordo sorge mezz'ora più tardi ogni giorno che passa. Si è accesa la luce alla finestra sul dietro, quella che stamattina Stefan mi ha indicato. È arrivato a casa ora. Devo chiamarlo ad alta voce? Provare se davvero mi sente? Sarebbe imbarazzante, soprattutto se non è da solo.

Se ora fosse qui a sedere con me, non mi dispiacerebbe. Come mai? Non saprei dire. Forse perché mi piace il suo sorriso e perché la sua mano è così piacevole.
Il mio telefono si illumina. Vedo il viso di Sven.
"Hallo! Che piacere sentirti! Dove ti trovi?"
"Da qualche parte non so dove. Ho perso l'orientamento. La famiglia che mi ospita viaggia come fanno i giapponesi. Siamo ogni giorno in giro, sempre in posti diversi e ogni giorno naturalmente si fanno foto in continuazione. E si devono anche andare a trovare tutti gli amici e parenti. Ed io vengo presentato come fossi il premio di una vincita. Però sono molto interessanti le cose che posso vedere. Ci sono paesaggi veramente grandiosi qui."
"Sono contenta per te."
"Si, è fantastico. Volevo sentirti per sapere come te la passi."
"Io tutto bene. Tu stai bene?"
"Tutto a posto."
Silenzio.
"Sven, ci sei?"
"Si," ...pausa..."Stavo pensando a papà. Sono stato per molto tempo arrabbiato con lui. Poi di colpo tutta la rabbia è svanita e al suo posto niente. Neppure il dolore."
"Credo che quello verrà più tardi."
"Può darsi. Forse non mi rendo ancora conto di essere mezzo orfano."
"Prenditi del tempo."
"Hm."

Silenzio
"Mamma?"
"Sì?"
"Abbi cura di te, su quel vulcano. Non scherzare col fuoco."
"Non preoccuparti. Dormi tranquillo, tesoro mio."
"Ehi! Da noi è giorno. Sono io che devo darti la buonanotte!"
"Giusto!"
Accarezzo ancora un attimo il suo viso sul display finché scompare e poi ripeto „buona notte."

.-.-.

Io ho fatto un bel sonno. In questo letto matrimoniale con baldacchino tutto per me non è stato difficile. Col profumo di mare che entrava dalla grande finestra aperta e il mormorio delle onde come una dolce ninna nanna. Mi stiro e mi allungo con una sensazione di benessere. Forse qualcosa dentro di me è entrato nel ritmo dell'isola. Oggi devo andare in paese a fare la spesa. Domani è domenica e quello che ho non mi basta fino a lunedì. Devo sbrigarmi prima che faccia troppo caldo. Devo anche cercare sul vocabolario le parole per chiedere quello che mi serve. Visto che sono qui da sola, in qualche modo mi devo arrangiare. Come ha detto Sofia: tu puoi farcela.
Ora devo pensare a quale mettere tra i due vestiti che mi sono comprata per questa vacanza. Quello blu sta bene con la borsa, quello verde è il colore dei miei occhi. Come direbbe ora Michael? A quanto pare non hai altre preoccupazioni. E' veramente così, in questo momento non ne ho. Posso solo rellegrarmene.
Arrivata presso la Chiesa di San Bartolo mi fermo all' improvviso. Una voce di soprano accompagnata da una chitarra sta cantando "Santo, Santo, Dio dell'Universo."
Conosco questo brano. Sono stata nel coro della Chiesa e, all'unisono con gli altri lo cantavo con voce non da soprano ma da contralto. Un'unica volta mi sono esibita in un a solo. Nella Chiesa davanti all'emporio. Una strofa soltanto, quella di Giuseppe nel Concerto di Natale.

Poi ho smesso di far parte del coro perché ho preferito occuparmi di teatro studiando sul palcoscenico della scuola superiore.
Questo Sanctus voglio ascoltarlo da vicino per sapere a chi appartiene questa bellissima voce. Non c'è un posto per sedersi, la Chiesa di San Bartolo è piena. Alla fine della lunga e stretta navata vedo un feretro riccamente lavorato posto davanti all'altare e adorno di molti fiori e candele.
Sono capitata in una Messa per i defunti. Mi accosto ad una colonna alla mia sinistra. Le persone sedute lì vicino mi guardano con curiosità. Niente di più. Sto bene qui, sotto queste ampie volte e questi colori così chiari. Nelle pareti laterali vedo numerose nicchie con i santi. E naturalmente c'è anche il confessionale di legno, fonte di paura della mia infanzia. Entrare nell' interno polveroso attraverso quella tenda viola posta di lato e inginocchiarsi sul panchetto per sussurrare le mie colpe in quell' orecchio posto dietro la grata di legno, era per me qualcosa di sconvolgente.
Mi piaceva il parroco e pur di parlare con lui avrei elaborato racconti imperdonabili spacciandoli per veri. D'altra parte ho inventato peccati che non avevo mai fatto. Poi aspettavo che si togliesse dal viso quelle mani che teneva sempre giunte davanti quasi a protezione e che mi guardasse. Spesso immaginavo il suo sguardo inorridito se gli avessi confessato i miei impuri pensieri. Mi avrebbe guardato ad occhi spalancati dicendo "Tu! Questo da te non me lo sarei mai aspettato! "

Ma non ho mai osato. Rimanevo sempre ai centesimi rubati dal borsellino della mamma. Che tra l'altro era anche una bugia che continuavo a ripetere per avere qualcosa da dire.
Quando poi mi sono invaghita di un chierichetto dai begli occhi blu e riccioli biondi, il confessionale era diventato solo un obbligo fastidioso.
Ascolto tutta la Messa alla fine della quale, per quel che posso capire, molti dei presenti raccontano episodi di incontri e di fatti che riguardano il morto.
Molto diverso da ciò a cui sono abituata in Germania. Chi da noi avrebbe mai osato far tanto chiasso con risate e applausi in una Chiesa!
A quello che una ragazza ha detto tra le lacrime seguono sorrisi, commenti e applausi. A quello che dicono altre due donne, altre persone si uniscono ad alta voce e ancora si ride e si battono le mani.
Per quanto non capisca le loro parole mi rendo conto che più che piangere il morto, qui si sta festeggiando tutto quello che lui è stato da vivo.
La morte è uguale per tutti. Ciò che differenzia l'uno dall'altro è la vita che ha avuto. Un punto di vista che mi piace.
E la musica! Un variopinto insieme di canti sacri a volte classici a volte popolari modulati da voci femminili. E ogni tanto degli a solo di quella bellissima voce di soprano. Non riesco a vedere il coro che sta a sinistra dell'altare dietro una serie di colonne.
L'accesso alle navate laterali è impedito da una rete. Sopra le nostre teste la navata centrale è nascosta da un telo bianco teso.

Jacob mi aveva parlato di questa misura di sicurezza. Ma l'abside non è coperta. La volta dell'alta cupola si curva sopra l'altare che è rialzato su tre scalini e scolpito con una fitta corona di angeli che fanno da cornice alla statua di san Bartolomeo al suo interno. Ma il sacerdote celebra la Messa davanti ad un altare a forma di tavolo posto più in basso e intarsiato con immagini che da qui non riconosco. Tornerò uno dei prossimi giorni per osservarlo meglio se e quando vedrò la Chiesa aperta senza celebrazioni.

Quando finisce la Messa e le persone sedute nelle prime panche in abito da lutto si alzano e in fila si fermano vicino al feretro, si alzano anche tutti gli amici e parenti e vanno avanti per esprimere le loro condoglianze.

Io me ne vado, perché sono veramente estranea al loro dolore. Oltretutto una granita al limone mi aspetta.

Nel bar un uomo mi si rivolge cortesemente per chiedermi in inglese se può sedere al mio tavolo in quanto tutte le altre sedie sono occupate. Dopo le prime usuali domande, da dove viene come è arrivata a Stromboli le piace la nostra isola, mi racconta tutta la storia della sua vita.

Dura un bel po' perché parte dal XVI secolo. Dai tempi di Chair Ad Din, un mussulmano di origine greca, sovrano in Algeria e ammiraglio della flotta turca che al servizio del Sultano di Istanbul nel 1544 mise a ferro e fuoco la città di Lipari.

Migliaia di isolani vennero catturati per essere venduti come schiavi. Tra questi un suo avo che sarebbe riuscito a entrare nei favori del famigerato corsaro. Avrebbe poi sposato una delle numerose figlie che Chair Ad Din aveva avuto da una Saracena.
"Queste mie origini non si possono negare." Si sposta e girando la testa dice: "Guardi un po' il mio profilo!"
Concesso, fronte naso e bocca hanno una linea molto marcata, il doppio mento non c'entra. Ma gli do soddisfazione.
"Impressionante!"
"Non è vero?"
Per anni questo suo antenato avrebbe naturalmente preso parte, in quanto genero, a tutte le scorrerie e sarebbe vissuto tanto a lungo da vedere Dragut, corsaro turco al seguito di Chair Ad Din che nascondeva a Panarea i tesori che andava accumulando. E lo vide distruggere a Stromboli, l'isola vicina, più di sei navi Crociate maltesi.
"Un bagno di sangue!"
Alla ricostruzione dell' Acropoli di Lipari ovviamente non partecipò questo avo il cui nipote perì di fronte a Stromboli nella battaglia navale tra l' Ammiraglio spagnolo De La Cueva e il suo avversario francese Viverme.
E in tutte le seguenti vicende tra greci e romani, tra Asburgo e Borboni e ancora chi sa chi fino a Garibaldi, c'era sempre in prima linea qualcuno della sua famiglia.

Mi scrive tutti i nomi sul suo tovagliolo di carta in modo che io più tardi possa controllare su Internet se tutto quello che mi ha raccontato non è la verità! Poi allungandosi con le spalle sopra al tavolo mi fa cenno con la mano di fare altrettanto, guarda a destra e a sinistra per vedere se c'è qualcuno seduto vicino e infine mi sussurra:"La mia famiglia ancor oggi possiede alcuni oggetti provenienti da quelle scorrerie, di una bellezza al di sopra di ogni immaginazione. Lei rimarrebbe a bocca aperta."
E mi strizza l'occhio a suggello del segreto.
Suo nonno ha poi sposato una strombolana e per rimanere qui è diventato pescatore senza compiere gesta da rimanere impresse nella memoria storica, così come suo padre. Questa perdita di fama mi pare gli dispiaccia.
"Fare il pescatore! Che cosa è rimasto oggi di questo? La quantità di pesce è diminuita, lo Stato dispone quando si può e non si può pescare, la misura della rete, quanto pesce si può prendere all'anno e quali pesci si e quali no. Questa non è vita! Per questo dieci anni fa ho deciso di andarmene in Nuova Zelanda. Come potevo qui mantenere la famiglia? No, no! Ora ho fatto fortuna e posso dare una buona vita ai miei cinque figli. E, cara Signorina, l'altra metà del globo è anche molto bella. Questa terra è grande e ampia e se si ha voglia di lavorare si offrono molte opportunità. Ma la nostalgia di casa ce l' ho sempre, capisci la parola nostalgia? Per questo almeno ogni due anni devo tornare.

Forse in futuro tornerò definitivamente. Ancora non posso. Ho un locale a Christchurch, ovviamente con cucina e vini siciliani. Devo lavorare finché i miei figli saranno grandi e potranno portare avanti loro questa attività."
Cosi dicendo, senza chiedere, con il suo cucchiaino del caffè assaggia la mia granita e storce la bocca.
"Non buona. Deve venirmi a trovare e provare la mia. Così saprà che sapore deve avere una granita di limone. È un invito."
Sarà buonissima la sua granita ma anche questa non è niente male. Mi allunga sul tavolo un biglietto da visita con il suo indirizzo e si alza.
"La ringrazio della bella chiaccherata."
Chiamarla chiaccherata è un po' azzardato quando è solo uno a parlare e l' altro sta a sentire. Ma per me è stata un'ora di racconti veramente interessanti.
"Arrivederci Signorina. Ci vediamo. Spero dall'altra parte dell'equatore."
Con un elegante inchino si congeda e va due tavoli più in là da un uomo che lo saluta calorosamente e lo abbraccia con vigore ovviamente anche con baci a destra e sinistra.
Si siede, chiama il cameriere e ordina due "caffè corretto" che è un caffè con un po' di liquore, come il primo giorno mi ha spiegato Jacob. Che mi ha mandato i suoi saluti questa mattina con la domanda - come stai? - In piena sincerità ho risposto - bene! –
A poco a poco mi ritrovo ad essermi creata un rituale.

La granita nella terrazza del bar dove indisturbata con vista mare, posso sentire quello che dicono e si raccontano i turisti, infatti non sono l' unica tedesca. Dopo la terza volta in tre giorni è diventata un' abitudine. Così come meditare e dormicchiare sulla spiaggia nel solito posto con un po' di ombra e la famigliola accanto. Una lunga nuotata con maschera per ritrovare sott'acqua il piccolo pesce turchese e blu visto il primo giorno e naturalmente la sera col buio sedere sulla terrazza ad aspettare il sorgere della luna anche se ora non è più al massimo del suo splendore. Del pensiero di andarmene, quello del primo momento, non c'è più traccia. Mi rendo conto di come l'isola lentamente si prenda spazio nella mia anima.

Non l'ho sentito arrivare.
"Non spaventarti, sono io. Volevo sapere se va tutto bene."
"Si, grazie. Tutto bene. Bevi qualcosa? C'è ancora del vino nella bottiglia. Ti prendo un bicchiere."
"Stai seduta tranquilla. Lo faccio io. Qui sono di casa."
Sento che apre la porta del mobile, i bicchieri che tintinnano e la porta che si richiude. Il suo passo a piedi nudi è silenzioso. Di sotto, sulla strada, una donna ride e una profonda voce maschile le risponde. Lui si mette comodo sulla sdraio vicino a me.
"Che cosa fai seduta qui fuori?"
"Mi intrattengo con la luna."
"Lo fai spesso?"

"Dal primo giorno che sono arrivata."
"Posso farlo insieme a te?"
"Dobbiamo chiederlo alla luna."
"Da come sta appesa al cielo così storta, mi sembra che sia triste. Si sposta piuttosto malinconica. Là sulla sua guancia sinistra scende una lacrima"
"Vero!"
"Che cosa può essere successo? Che cosa ne pensi?"
"Probabilmente sempre la solita vecchia storia:
Disse la Luna al Sole: io ti amo...
e tu Sole dimmi, m'ami tu?
Da te verrò e ti bacerò.
Gli innamorati fanno così.
Ma il Sole di lei si spaventò,
da lei fuggì e lei si rattristò.
Son mille e mille anni
che il Sole fugge ancora
da un'ora all'altra ora
lui corre sempre intorno
c'indora così il giorno
e poi ci dà la notte."
"Ah, è così? Conosci altre storie?"
"Molte."
"Bene."
Devo essere sprofondata nel sonno. La luna è già calata dietro la montagna. Ho addosso una coperta. Sono sola e mi sento in un totale, spropositato stato di grazia.

.⁻.⁻.

La mattina seguente mi sveglia la pioggia. Questa volta non è violenta ma leggera e continua. Una rilassante melodia. Un giorno giusto per rimanere ranicchiati nel letto a leggere un giallo. Nessuno che mi cerca, nessuno che vuole qualcosa da me. Splendido. Magari posso prima tirarmi su per farmi un caffè e poi infilarmi di nuovo sotto la mia leggera copertina.
Ma non appena un sottile raggio di sole mi arriva proprio sul cuscino, lascio la mia piacevole postazione. Il rumore della pioggia si è fatto ancora più fine. Vado fuori sulla terrazza e faccio un profondo respiro. Che meravigliosa luce! Le nuvole si addensano sopra di me, si spingono l'una con l'altra, si sfaldano, formano nuovi ammassi, mentre a destra, sul mare, attraverso uno squarcio compare splendente un fascio dorato di raggi di sole che si rispecchia sulla superficie dell'acqua. E poi lo vedo. Un doppio arcobaleno dai colori vivissimi che abbraccia quasi tutto l' orizzonte. In basso un viola intenso sfuma dal brillante azzurro mentre il giallo che lo segue da un verdeggiante sfarfallio di sfumature diventa di un bel rosso che al bordo si sfrangia. E subito sopra un'altro arcobaleno come un'immagine riflessa con tutti i colori identici, appena leggermente più pallidi. Una fedele riproduzione.
All'improvviso ho un soprassalto. Una voce dietro di me: "Ciao!"
Mi volto.
"Ciao, Stefan."

"Hai già fatto programmi per stasera? Io vado a totani. Vuoi venire con me?"
"Non ti disturbo? Non capisco assolutamente niente di pesca."
"Si può sempre imparare."
"Allora volentieri."
"Benissimo," e sorride. "Ci vediamo alle sette e mezza qui dietro all' inizio della spiaggia lunga. Portati una giacca, perché di sera sul mare può far freddo."
"Lo farò."
"A stasera, allora."
Lui se ne va ed io rimango lì stralunata a chiedermi perché mi sento così come mi sento. E cosa faccio ora con questa sensazione e con me.
Mancano otto ore e mezzo a questa sera.
Ha smesso di piovere. Potrei andare in paese. Al bar Ingrid di sicuro già sentono la mia mancanza. Oggi voglio provare la "granita di fragola con panna."
L'ordinazione che ho fatto, come pronuncia italiana, mi sembra sia andata già piuttosto bene. Dopo poco infatti, mi arriva un bicchiere di granita di un bel colore rosso brillante con sopra una spumeggiante cupola di panna montata. Decisamente ha sapore di fragole.
Solo che mentre me la sto gustando, si siede al tavolo vicino una famiglia proprio fastidiosa. Una coppia con tre ragazzetti tra gli 11 e i 15 anni. La sera prima erano saliti tutti insieme fino in vetta al vulcano e il padre a voce troppo alta si lagnava per non aver visto niente.

"Ogni 15 minuti c'è un'eruzione. Ecco cosa c'è scritto sulla guida. E invece? Niente! Un'ora di fumo, cenere e puzza di zolfo. E per questo una faticata e soldi buttati. Ma voi avete insistito per salire. A me bastava guardare da giù la cima del monte!"
"Ma dai papà, datti un po' una calmata. Io l'ho trovato fico!"
"Fico! Ma che razza di parola è questa! Se mi sono anche slogato una caviglia camminando!"
"Oh, mio povero, povero uomo!"
La voce, che suona un po' beffarda, è probabilmente della moglie.
Ne ho abbastanza della sceneggiata di una classica famiglia felice, raschio il fondo del bicchiere della mia granita e vado alla cassa.
Portati una giacca che potrebbe fare freddo, ha detto Stefan. Non ne ho una adatta in valigia. Andare a pescare di notte non era in programma.
Devo comprarla.
Di fronte al bar c'è un negozio di trekking che ha tutto l' abbigliamento sportivo che può servire. Potrei entrare per vedere se c'è qualcosa che mi va.
Qui si possono anche affittare scarponi da montagna, c'è scritto su un cartello fuori alla porta. Ma quelli per fortuna li ho portati.
Grazie al garbato aiuto di un giovane che parla bene inglese, ho trovato. Una giacca a vento, ma solo in giallo. Non è proprio il mio colore preferito, ma è lo stesso. Sarà buio stasera.
Alle sette e mezza mancano ancora cinque ore e un quarto.

Mi viene da pensare a quando da bambina, alla vigilia di Natale stavo sveglia in attesa , nella mia camera, per sentire il suono delle campanelle, segno che stava passando la slitta di Babbo Natale con dei regali anche per me.
Stupida. Come dovrei chiamarmi? E ora? Forse fare una nuotata?
Prendo maschera, boccaglio, questa volta anche le pinne e vado in acqua. Voglio vedere fin dove riesco ad arrivare. Forse fino alla fine della "spiaggia lunga" o forse più lontano. Devo impegnarmi fisicamente in qualche sfida ai limiti del possibile per cancellare la mia ansia. Un tranquillo giro in canoa in questo momento non sarebbe il programma giusto.
Arrivo fino alla seconda insenatura. Saranno circa due chilometri. Non ho dimenticato come si nuota a crowl. Per ora mi basta, mi rilasso lasciandomi lentamente riportare indietro dalla corrente, mentre osservo con attenzione il mondo sottomarino.
Vedo rocce su cui cresce ricca vegetazione, rocce ruvide con muschi verdi e biancastri e altre lisce e nude, rocce frastagliate e piene di anfratti tra i quali guizzano tanti minuscoli pesciolini e gruppetti di una specie che somiglia alle nostre aringhe. Non ho idea di che pesci siano nè di come si chiamino qui. Nuoto un po' in mezzo a questi massi e vedo, davanti a una piccola cavità, un mucchietto di piccole conchiglie vuote. Probabile che là dentro ci sia un polpo che abitualmente tiene pulita la sua tana buttando all'esterno i resti di quello che ha mangiato. Qualcuno mi ha raccontato questa storia.

Salgo per prendere aria e riscendo per vederlo, ma la corrente mi ha già portato oltre. Non ritrovo più i gusci vuoti dei molluschi. Mentre risalgo rapidamente in superficie, guardando a sinistra vedo, ferma sul bordo di una roccia, una razza che mi sta osservando. Ricordo che è velenoso l'aculeo sulla punta della coda. Ma quando mi capiterà più di vedere un animale come questo libero in mezzo al mare? Non può succedermi niente se mi mantengo abbastanza lontana. Prendo fiato e mi immergo di nuovo.

Come già era successo con i gusci dei molluschi, non riesco più a ritrovare la razza. Vedo solo un fondale di rocce e dirupi dove un blu infinito luccica fino in profondità. Dove il fondo si può solo immaginare.

Non c'è da meravigliarsi se si pensa che lo Stromboli è alto 3000 metri di cui solo 924 emergono dal mare.

Ora devo tornare lentamente a riva, al mio ormai solito posto. Chissà che ora è.

.-.-.

La sabbia, sotto i miei piedi nudi, non è più così calda come nel pomeriggio. È fresca e umida. Ma il mare che mi lambisce le dita dei piedi conserva ancora tutto il calore del giorno. Comincia a scendere il buio e tutto intorno a me si vela di un nero vellutato. L'orizzonte svanisce, non c'è più confine tra cielo e mare la cui superficie è ora insolitamente immobile. Nessuna stella.
Sto passeggiando sul bagnasciuga quando il silenzio è rotto da un sordo tonfo di remi. Una pila si accende mentre una barca bianca scivola verso di me. La prua tocca la sabbia con un fruscìo.
"Hallo, Franziska."
Due passi per avvicinarmi, afferro la mano tesa di Stefan e un po' maldestramente salgo a bordo.
"Ho messo un cuscino per te lì davanti, puoi stare seduta o sdraiarti, come preferisci." e con la pila illumina una stuoia a righe bianche e blu distesa sul cassone di prua. Cautamente vado in avanti e mi siedo. Stefan spegne la luce e va a poppa. La barca ondeggia violentemente e mi aggrappo con tutt'e due le mani al bordo.
"Niente paura. Non ci si ribalta così facilmente."
Accende un motore elettrico e lentamente senza far rumore ci allontaniamo dalla riva, da questa montagna della quale nel buio intravedo appena il contorno, sempre più lontano, verso la piena oscurità. Mi stendo, mi metto addosso la mia giacca nuova e con gli occhi aperti nella notte inspiro il profumo del mare, anzi di più, sempre difficile trovare le giuste parole, lo assorbo dentro di me.

Mi sento come avvolta in un bozzolo, lontana da tutto il resto del mondo, anche se sicuramente ci sono diverse barche qui in giro perché sento qua e là voci sommesse. Noi due non diciamo una parola, il silenzio ci avvolge come fossimo sotto una campana di vetro. Per me potrebbe essere sempre così. Mentre sono in questo stato di struggimento, così di solito lo chiamo, sento una esplosione molto forte e nel buio, alla mia sinistra, vedo schizzare verso il cielo una fontana rosso-arancione che alla sommità si allarga e ricade giù in una pioggia luminosa. Con gran rumore frammenti infuocati rotolano lungo una scarpata di cenere, illuminandola, fino a tuffarsi nel mare.
Ho paura? Direi piuttosto che mi incanta questo incredibile evento naturale. E mi incute una certa soggezione. Sono meravigliata di non aver pensato in queste ultime ore che sto vivendo su un vero vulcano attivo.
"Stefan?"
"Hm?"
"Ti impressiona sempre tutto questo dopo tanti anni che vivi qui, o ci si abitua?"
"Tutt'e due le cose insieme. So che cos'è questa montagna, ma certo non penso continuamente che potrebbe diventare pericolosa. Ma - non metterti a ridere - io spesso ci parlo. E non sono il solo. Qui sull' isola abbiamo tutti l'idea che il vulcano ha un animo buono verso di noi. Naturalmente è una stupidaggine, ma è così."

Una nuova fontana di fuoco si innalza verso il cielo. Da una barca dietro di noi ci arrivano grida ed esclamazioni di meraviglia. Mi irrita, anche se capisco che uno spettacolo del genere meriti gli applausi. Ma è inappropriato. Ricordo che una volta un vecchio attore parlava della devozione, del culto e del rispetto che ci dev'essere verso il Teatro rimpiangendo che si fosse perso. Ora tutto veniva considerato teatro. Proprio come adesso qui.
Stefan sembra pensarla allo stesso modo. Fa un cenno di saluto ad un uomo su una barca lì vicino e accende il motore.
"Ora andiamo. C'è da fare."
Il cielo non è più coperto, ma ha solo un paio di nuvole chiare attraverso le quali ogni tanto si intravede qualche stella.
Improvvisamente una luce abbagliante mi colpisce.
"Scusa Franziska, ma c'è bisogno della luce. I "totani" vengono su dalle profondità richiamati dalla luce. E dobbiamo andarcene prima che sorga la luna."
Frugando in una cesta tira fuori una lenza arrotolata e me la porge.
"Ecco qui, prendi. Penso che potresti anche catturare il tuo primo totano."
Non lo credo proprio, tuttavia prendo la lenza in mano. Sul terminale c'è appeso un pezzo di plastica bianca in mezzo a uno di metallo dalla forma tondeggiante e un po' allungata e ad un altro formato da 4 ami uniti in cerchio con le punte rivolte verso l'alto.

Ha l'aspetto di qualcosa di molto pericoloso. Che cosa dovrei farci? Infilzarci qualche verme?
"Devi solo gettare la lenza in acqua e tenere molto stretto il capo iniziale. Meglio se gli fai due giri intorno alla mano in modo che non ti scappi."
Mi sento molto insicura mentre lancio lontano in mare la lenza facendola srotolare. Va così veloce che già sembra volermi sfuggire, ma riesco ad afferrarne il capo e a girarlo intorno alla mano sinistra. Guardo come fa Stefan e prendo con la destra la lenza tirando su lentamente lasciandola scivolare sul palmo della mano e muovendola qui e là. Una luce accesa ci dev'essere perché sott'acqua vedo dei bagliori e dei guizzi. Devono esserci animali che escono dalle loro tane sul fondo attratti dal chiarore della luce e da punti luminosi. Spero che niente si attacchi alla mia lenza. Non ho mai pescato. Ma neppure ho finito di pensarlo che sento un forte strappo.
"Tira, Franziska, tira!"
Io tiro, tiro finché vedo una forma strana che nuota salendo dal profondo. Vedo una corona di tentacoli vicino all'amo e qualcosa che potrebbe essere una testa, poi appena giunge alla superficie uno scroscio d'acqua mi centra in pieno viso. Per lo spavento mollo subito la presa e quella cosa ricade in mare. Stefan urla "Non mollare!" e con la sua mano destra afferra la mia lenza tirando a bordo la preda. Toglie l'amo che era attaccato al becco - un pesce con un becco in mezzo ai tentacoli! e getta l'animale in una tinozza.
"Complimenti, Franziska, bella cattura!"

Non ho la sensazione che questa cattura sia la mia.
E devo aver fatto qualcosa di sbagliato. Altrimenti perché tanta acqua a bordo?
Ancora non sapevo che i totani non hanno un corpo compatto ma fatto come un sacco che avvolge al suo interno gli organi vitali, una cartilagine a forma di spada e una specie di sifone sul quale a scatti preme questa cartilagine espellendo grosse quantità di acqua e creando così il movimento.
Al momento qui davanti a me vedo solo un animale misterioso i cui grandi occhi spalancati mi fissano con aria di rimprovero. Mi fa una gran pena.
"Vuoi riprovare?"
"Meglio di no. Non mi sembra giusto."
Prendo atto che non ride.
Mi sdraio di nuovo sulla mia stuoia e guardo con quanta disinvoltura Stefan fa scivolare la lenza sopra la sua mano e tira su dall'acqua un altro totano senza farsi una doccia come avevo fatto io.
Ma questi animali pare che stanotte non abbocchino tanto facilmente. Stiamo dondolando da una buona mezz'ora senza pescare niente.
"Ok. Per oggi questo è tutto."
Stefan tira su la lenza, la riavvolge e la chiude nello stipo.
"Allora, io ho fame. Tu no? Andiamo da me a consumare la nostra preda? Cosa ne dici?"
"Da te? Ora?"
"Si. E' quello che faccio di solito. Il pesce appena pescato è quanto di meglio ci sia per gustarlo. E in più vedrai anche come si cucina."

"Certo, mi sembra un'ottima idea."
"Andiamo, allora."
Perché mi sento turbata?

La cucina somiglia molto alla stanza di Anna e Jacob, arredata più o meno allo stesso modo. Anche qui sotto la finestra c'è il tavolo con quattro sedie e l'armadio d'angolo e i fornelli alla mia destra. Stefan ha aperto un giornale sulla cerata che copre il tavolo e ci ha poggiato sopra i due totani e una ciotola. Con la mano destra impugna un coltello affilato.
"Sono molto facili da preparare. Ti faccio vedere. Si toglie la pelle, poi si prende la testa con tutti i tentacoli e si tira lentamente così viene fuori tutto quello che c'è dentro, anche l'osso. Che è questo qui, piatto, sottile, quasi trasparente. Poi si staccano le interiora, facendo attenzione a non rompere il sacchettino del nero, altrimenti puoi buttare via tutto. A questo punto con un coltello affilato si taglia la testa con i tentacoli."
Mentre guardo le sue mani che si muovono abilmente su questo pesce, all' improvviso mi assale il desiderio che si posino su di me. Ora. Subito. Non oso guardarlo dalla paura che potrebbe leggermi negli occhi quello che provo. Me ne devo andare immediatamente.
"Dov'è il bagno?"
Mi guarda contrariato.
"La porta qui dietro. L'interruttore è dentro a sinistra."

Chiudo la porta dietro di me e accendo la luce. Lo specchio è impietoso. Le mie guance sono arrossate. Mi lascio scorrere cinque minuti di acqua fredda sui polsi. Senza nessun effetto. Non sono diventata più pallida. Penserà che ho le vampate, che sono in menopausa. Non sarebbe un' idea così strana. Ma qualsiasi cosa possa pensare non posso rimanere ancora chiusa qui dentro. Devo aprire la porta.
Stefan sta friggendo gli anelli di totano. Gira la testa verso di me e mi guarda.
"Problemi?"
"No, niente, tutto a posto. Sono solo incredibilmente stanca. Non dispiacerti, per favore, ma devo andare a casa."
"Potresti almeno provarli."
"Un'altra volta, va bene?"
"Va bene, ti accompagno."
"No, no, non c'è bisogno."
"Ma perché? Non capisco."
Cerco febbrilmente di buttare sul ridere l'imbarazzo del momento.
"Non vorrei che la tua cena si freddasse."
"Che sciocca sei!"
"Scusa."
Accidenti, suona come un' implorazione.
"Un'altra volta ti spiegherò, ma ora mi sento male dalla stanchezza. Ogni tanto mi capita. Scusa, non volermene."
L'ho detto. Ma che idiozia assurda.

Prendo la mia giacca e me ne vado di corsa. Mi sento avvampare e mi vergogno dal più profondo di me. Ho più di quaranta anni. E lui? Non ho idea. Certamente è più giovane. Di quanto non saprei. Come può venirmi l'idea che ci stia provando? Si sta semplicemente comportando da amico, come gli ha raccomandato Jacob, e in obbligo verso lui e Anna, si sta occupando di me. Solo per questo mi ha invitato ad andare in barca e poi a cena. E niente altro. Cosa ne farà ora della sua bella frittura di totani? Forse telefonerà a quella mora che era in motorino dietro a lui per invitarla. E si faranno due risate su quella stupida tedesca mezza matta. La cosa migliore sarebbe che io domattina partissi subito prima di rendermi ancora più ridicola. Ma è una cosa che, ad essere sinceri, non voglio fare.
E ora perché sto piangendo?
Perché Michael non è qui, ora? Non mi sarei trovata in questa situazione, stasera. Come aveva detto? "Un'isola vulcanica così piccola non mi attira per niente e in più quando l'Agenzia mi chiama devo esserci. Non posso permettermi di perdere un'occasione."
Già. E il rapporto con me? Ora lo chiamo subito, anche se è notte, per dirgli quel che penso di lui.
E, come sempre, risponde la segreteria telefonica.
Mai, non c'è mai quando ho bisogno di lui.
Sorrido. Certo è meglio essere arrabbiati che autocommiserarsi. Questa è una cosa che non potrei sopportare.

.-.-.

Poi ho dormito bene, con tanti sogni confusi, vietati ai minori, che mi hanno lasciato al risveglio una bella sensazione. Comunque oggi non voglio proprio incontrare Stefan. Quindi riempio di caffè un piccolo thermos che ho trovato nella credenza, prendo un po' di pane e di formaggio e, preparato lo zaino, passo senza farmi vedere sotto la sua finestra, diretta al mio solito posto all'ombra. Oggi stendo l'asciugamano dietro uno scoglio in modo da essere un po' nascosta.
La solita famigliola ancora non c'è, arriverà in ritardo. Ormai ci salutiamo e con i bambini ho fatto un po' amicizia. L'altro ieri, uscendo dall'acqua, ho trovato una pietra piatta e l'ho lanciata sulla superficie del mare facendole fare ben cinque rimbalzi. Un record per me. La bambina ne è rimasta incantata. Mi ha portato subito un'altra pietra chiedendomi di farlo di nuovo. Non l'ho capito dalle parole che ha detto ma dai suoi gesti. Ma la pietra non era abbastanza piatta e non ero in grado di spiegarle perché non andava bene. Il padre si è reso conto e le ha gridato qualcosa. Lei ha fatto segno di si, mi ha preso per mano e insieme abbiamo cercato una pietra più adatta. Il fratello ha pensato un attimo e si è messo a tirare in acqua pietre, le più grandi possibile. Ma poi mi è venuto vicino, tenendo in mano tre pietre più o meno giuste. Una me la sono portata a casa per ricordo. Ci siamo esercitati, rituffandoci sempre in acqua a riprenderle, perché di pietre piatte qui non se ne trovano molte. Ci siamo divertiti un sacco.

Vivono a Bologna e vengono in vacanza a Stromboli ogni anno. La madre mi ha chiesto in inglese da dove vengo, come mai ho scelto quest' isola per una vacanza, se qualcuno mi ha suggerito questo posto e se sono qui per la prima volta. Quando ho fatto i nomi di Anna e Jacob, si è subito animata. "Li conosciamo bene! Ci frequentiamo, siamo amici. La settimana scorsa eravamo a cena insieme."
E poi è andata avanti con gli elogi, che persone meravigliose sono, rivolgendosi anche al marito che faceva gesti affermativi col capo pur rimanendo sempre con lo sguardo concentrato sul suo giornale. E naturalmente dovevo portar loro i saluti, carissimi saluti, da Alessandra e Roberto, al mio ritorno in Germania. E certo hanno intenzione anche loro di fare un viaggio in Germania, Monaco dev'essere una bella città. E io dovrei andare a Bologna dove naturalmente sarei gradita ospite e i bambini sarebbero molto felici di vedermi.
Di fronte a tutta quella gentilezza, così spontanea, non sapevo cosa dire.
Ora è già mezzogiorno e loro non sono arrivati.
Probabile che siano partiti. Peccato.
Era bello trovare persone felici di vedermi arrivare.
I bambini erano proprio affettuosi.

E tutto il pomeriggio che cosa ho fatto? Ho fatto tre nuotate, ho guardato sott'acqua con maschera e boccaglio senza vedere quei piccoli lucenti pesciolini azzurri.

Sono stata sdraiata nascosta dietro una roccia che ho osservato molto attentamente. Sapessi disegnare! Le sue forme, i molti e diversi strati che nel corso degli anni si sono sovrapposti gli uni agli altri, i suoi colori.
Perché non provarci? Nel cassetto della cucina c'è un blocco da disegno e una scatola di colori ad acqua. Ambedue sembrano intatti. A quanto pare qualcuno ha già avuto la mia stessa idea, senza poi realizzarla. Chissà se anch'io farò la stessa cosa.

Da uno dei tanti buchi grossi e piccoli che ci sono nella roccia esce fuori un buffo granchietto rosso e rimane lì fermo proprio davanti a me. Poi correndo lateralmente scende fino a toccare la sabbia con la prima coppia delle sue sei zampette e subito corre di nuovo indietre fino a rientrare nella sua tana. Aspetto ma non si fa più vedere.

Come al solito su quest'isola c'è molto da fare. Ieri sera per parecchio tempo ho avuto da studiare un geco. Era attirato dal chiarore che la mia lanterna gettava sul muro bianco. Lui stava lì immobile, pronto a catturare chi si azzardasse imprudentemente a entrare in quel fascio di luce.
Un geco può rimanere immobile sullo stesso posto per un tempo indefinito, con le dita delle zampe spampanate, sempre che si possano chiamare dita. Un piccolo drago con la pelle che sembra una corazza e gli occhi laterali grandi e rotondi. Poi all'improvviso la sua lingua lunghissima scatta e acchiappa l'insetto volato verso la luce.

In linea di massima chi viene a Stromboli non deve aver paura di nessuna bestiola, perché ce ne sono parecchie che camminano che strisciano e che volano. Verso gli scarafaggi la maggior parte delle persone ha una grande avversione se non fobia, ma a ben guardare anche in loro c'è del bello, se non altro il colore che è un rilucente rosso porpora. C'è solo una specie che proprio non sopporto e sono, come li chiama Eva, i pappataci. Non so se si scrive così perché questa parola l'ho sentita spesso ma non l'ho trovata sul vocabolario. Sono una piaga perché non si riescono nè a udire nè a vedere ma si sentono addosso, pungono e lasciano il segno. Del resto si sa che qualcosa di negativo si trova ovunque.

Mi piace anche osservare attentamente la sabbia. La faccio scorrere attraverso le dita, mi meraviglio di quanti colori siano questi minuscoli granelli, nero, marrone bruciato, grigio chiaro e grigio scuro, giallo zolfo, tutti con il luccichio dell'argento appena sono colpiti da un raggio di sole come in questo momento a destra della roccia.

Anche ora viene fuori la mia solita manìa. Quali parole usare per queste sfumature che i colori acquistano via via che la luce diminuisce? Finora per me il nero era semplicemente nero. In tedesco non c'è un nero chiaro nè un nero scuro. Invece qui mi è capitato di vedere un nero che ancora non è del tutto tale e tuttavia è più scuro del grigio scuro. Riguardo ai toni del marrone poi, meglio non parlarne. Non la finiremmo più.

La sabbia che sulla mano mi scorre fra le dita mi fa venire in mente la commedia di Buchner "Leonce e Lena" e le riflessioni sui doveri della vita che fa Leonce, figlio di re, quando prende una manciata di sabbia e la getta in aria riprendendola con il dorso della mano per poi chiedere al suo ciambellano di giocare con lui e scommettere se i granelli di sabbia presenti siano in numero pari o dispari. „Come, non vuoi scommettere con me?"
Ripercorro tutta la scena. Devo dire che nella mia testa ho tutto un groviglio di citazioni e tra l'altro, nella scuola di teatro ho recitato la parte di Leonce. Ma questo è successo tanto tempo fa.
E, a proposito di doveri, ancora non sono andata a ripassarmi il libro di Ibsen. Sempre lo stesso, come dice Leonce : "L' ozio è una cosa seducente" (ibidem)

Lentamente dovrei incamminarmi. Stasera ho importante programma. Vado sul vulcano. Punto d'incontro ore 18 sulla piazza San Vincenzo.
Siamo in 11. Una coppia che viene dalla Corea del Sud, una già di una certa età dalla Svizzera, tre bei giovani e forti tedeschi di Stoccarda, un americano, due amiche venute da Amsterdam ed io. La nostra guida si chiama Mario.
Dapprima viene esaminato il nostro equipaggiamento. Se ognuno ha le scarpe giuste, possibilmente scarponcini alti, calzettoni da trekking e una giacca perché in vetta fa parecchio freddo, cosa che sul momento mi sembra del tutto incredibile.

Indispensabile è una pila. Chi non ce l'ha deve affittarla nel negozio di trekking che è lì sulla piazza. Naturalmente io sono tra quelli che non hanno pensato di portarla. Me ne viene data una rossa e nera da fissare al polso.

Mario, in inglese, ci dice chi è, da dove viene, che vive dall'altra parte della montagna, a Ginostra, da quanti anni lavora come guida, quanti viaggi fa più o meno in una stagione, che per poterlo fare ha dovuto ottenere una licenza che garantisce tutti i requisiti, e che tutti i gruppi che ha portato in cima al vulcano li ha sempre riportati indietro sani e salvi. Poi ci scruta con aria ancora dubbiosa dicendo che la salita è molto dura e dobbiamo essere ben consapevoli di potercela fare. Ci vogliono almeno tre ore per arrivare in cima e il percorso in alcuni punti è molto ripido e impervio. Più tardi, lungo il cammino, ho spesso pensato come avesse ragione. Ora ognuno deve prendersi uno dei caschi protettivi che sono impilati davanti all'agenzia e siamo pronti per partire.

A sinistra della piazza San Vincenzo prendiamo una strada che sale fino alle case più in alto e che finisce su un sentiero sterrato sul quale quindi proseguiamo. Alla nostra destra il sole sta calando dietro la montagna. Ai lati del sentiero un insieme di cespugli disseccati tra qualche olivo sparso qua e là e un paio di fichi. Sento un gran caldo e non sono la sola. Sulla t-shirt dell' americano davanti a me ci sono chiazze di sudore. Potrebbe essere così anche la mia. La vetta sembra molto lontana e molto alta.

Si vede il porto, già molto in basso rispetto a noi.
C'è un aliscafo attraccato al molo e, sia a destra che
a sinistra, numerose barche a vela ancorate. In seguito verrò a sapere che una di quelle è dei giovani
tedeschi del nostro gruppo.
Mario ci fa fermare e dice: "Se qualcuno di voi
pensa di non potercela fare o non si sente bene,
questo è il momento di fermarsi. Da qui si può tornare indietro anche da soli senza nessun pericolo.
Andando avanti non sarà più possibile."
Dal momento che nessuno vuole tornare indietro,
riprendiamo la salita in fila indiana. In alcuni punti
dove il terreno è molto scosceso sono stati messi
dei pezzetti di assi di legno per sostenerlo a formare
dei gradini. Hanno altezze diverse e il percorso è
molto irregolare. I miei femori sono messi a dura
prova. Siamo sul nuovo percorso aperto recentemente dal Club Alpino Italiano. Prima si saliva da
Piscità e qualcuno ancora lo fa anche se ufficialmente è vietato.
Il sentiero diventa sempre più ripido, la vegetazione
sempre più rada finché scompare completamente e
quel che rimane è solo ghiaia, pietre e sabbia nera.
Un paesaggio lunare. Si sente odore di zolfo. Dalla
vetta, alla nostra destra, sta scendendo una nuvola
scura e procediamo in un mare di nebbia fluttuante
che attraversata dai raggi del sole si tinge di rosa e
che diventa sempre più fitta. Svanisce ogni contorno. Camminiamo verso un niente assoluto tra
nebulose forme spettrali danzanti.
Non vedo chi è davanti a me ma solo i suoi scarponi che ad ogni passo affondano nella sabbia.

Tutto questo mi dà i brividi. Mi chiedo chi me l'ha fatto fare.

Finché, come se qualcuno avesse improvvisamente tirato via una tenda, mi appare davanti la montagna, nitida e scura contro un cielo luminoso. Alla proposta di una sosta non avrei nulla da obiettare, ma pare che, a parte me, nessuno sia esausto. La coppia degli anziani svizzeri cammina agile e disinvolta subito dietro Mario. Nessuna meraviglia, penso, visto che vengono da zona alpina. Li segue l'americano. Forse anche lui porebbe vivere da qualche parte sulle Rocky Mountains ed essere quindi abituato alle scalate. Me lo fa venire in mente il fatto che oggi pomeriggio a casa avevo visto sul telefono bellissime immagini di quelle zone inviate da Sven. Questa tanto criticata tecnologia è a volte, come in questi giorni, una benedizione, infatti grazie ad essa posso sentirmi vicina ai miei figli anche se sono in viaggio. Dovrò proprio ricredermi e spedire anche qualche foto questa notte stessa. Per esempio una con questi due olandesi davanti a me che escono fuori dalla nebbia sottostante e poi una panoramica sul cratere di Nord-Ovest, che in questo momento è sotto di noi, dalla cui bocca scura si levano vapori grigiastri. Ho fatto appena in tempo a metter via il telefono che la terra sotto i piedi comincia a tremare, un boato sordo rimbomba come fosse un tuono mentre tra quei grigiastri vapori schizzano verso l'alto, come il getto luminoso di una fontana, pietre infuocate che ricadono rotolando rumorosamente all'interno del cratere.

Deglutisco e penso a tutto quello che a casa ho letto sui vulcani e sulla loro imprevedibilità. Tra le cinque categorie in cui i vulcani sono stati catalogati, lo Stromboli è relativamente non pericoloso per la sua continua e stabile attività. Ma cosa vuol dire relativamente non pericoloso se è imprevedibile? Le grosse eruzioni del 2003 e del 2007 nessuno le ha previste nonostante già sul vulcano fosse stata installata una fitta rete di strumentazioni per un attento monitoraggio. Su questi strumenti nessun segnale di prossima grande esplosione.
"Fino ad oggi possiamo solo documentare, non prevedere" questa era l' affermazione di un vulcanologo in un libro che avevo letto.
Questa cima, standoci proprio sopra come adesso è molto diversa da quando la guardo sdraiata sulle onde del mare. Quel fungo scuro fisso là in alto ora che sono qui lo vedo nel suo continuo movimento, mentre sale dal cratere, prende forma e si dirada. Ora capisco perché da circa un quarto d'ora dobbiamo assolutamente indossare i nostri caschi e il perché di quelle strane costruzioni lungo la via somiglianti alle poltrone a cestino che si trovano sulle spiagge del nord per ripararsi dalla sabbia portata dal vento. Sono delle strutture di cemento portate su in pezzi dall' elicottero e qui assemblate. Servono per mettersi al riparo in caso che un'eruzione più violenta scagli materiale tanto in alto da farlo ricadere non più solo all'interno del cratere ma anche in questa direzione oltre la cima.

Non è una sensazione piacevole quella che ho in questo momento. Essermi messa in balìa di questo elemento imprevedibile forse non è stata una buona idea. Anzi, sempre più ho il dubbio sia stata una buona idea venire su quest'isola. Mi ero ripromessa di diventare una persona sempre più saggia e prudente col passare degli anni a cominciare dai quaranta. Ma al momento mi sento tutt'altro, confusa come una sedicenne. Ahimè peggio.

Qui sulla cima non siamo i soli. Più avanti c'è un gruppo con i caschi gialli, noi li abbiamo blu e lungo la cresta sta arrivando il prossimo gruppo con i caschi rossi. Dobbiamo rimanere tutti in fila in modo che ognuno possa avere la vista sui crateri. Purtroppo non si può stare molto.
Il fumo forma una nuvola sempre più fitta, da una delle bocche sembra fuoriuscirne costantemente, ma forse ne arriva anche dalle altre. Sono sette crateri e possono essere in attività contemporaneamente. È dappertutto intorno a noi, grigio chiaro, grigio scuro, bianco sporco, ondeggia, riveste la montagna, e offusca il cielo. Ogni tanto bagliori di rosso. Ogni tanto, con un rombo di tuono, dai vapori del cratere viene in su una nuvola più scura, quasi nera e la cenere ci arriva addosso. Ma nei venti minuti che ci sono concessi di stare qui non vediamo nessun altra fontana di fuoco. Poi dobbiamo lasciare il posto agli altri.
Il ritorno è sul versante Sud-Est lungo la vecchia sciara. Il primo terzo scivolando sul „sabbione" fino a dove comincia la vegetazione.

Ad ogni passo il piede sprofonda. È molto faticoso. Meglio scendere a salti.
Nel frattempo si è fatta notte fonda e la pila illumina giusto lo spazio davanti ai piedi senza sapere cosa ci sarà al passo seguente. Una vera sfida, perché Mario ci dà un tempo limite entro il quale dovremmo essere giù.
Arrivati ad una grossa roccia, il percorso diventa più facile. Qui infatti inizia un sentiero battuto che con un ripido zig zag, passando davanti alla stazione dei vulcanologi, porta sulla piazza della Chiesa di San Vincenzo.
Mi sento sollevata ora che sono di nuovo qui sana e salva. Prima di tutto mi devo togliere la sabbia dagli scarponi. La caviglia sinistra mi si è un po' spellata. Non c'è niente di meglio di una birra gelata al bar Ingrid. Tutti noi ci sentiamo fieri di aver vissuto un'esperienza eccezionale. Ciò nonostante mi sento un po´ delusa. In qualche modo non è stata come mi sarei aspettata. Là sulla cima, di fronte alla maestosità di tale spettacolo della natura, pensavo che ognuno come me sarebbe rimasto ammutolito in rispettoso, se non timoroso, silenzio. Invece c'era il chiasso che possono fare un centinaio di persone che gridano e parlano. Ed io ero là in mezzo, uno qualunque dei tanti turisti che vanno a fare l´escursione ai crateri. Niente di speciale.
Qualcosa di speciale l'avrei vissuto tra qualche giorno. Stefan mi proporrà di salire da sola con lui lungo il vecchio percorso. Al mattino prestissimo per vedere l'alba dalla vetta.

"Ti posso promettere che non ci troveremo nessuno."
Ma questa notte non sapevo ancora niente di tutto questo. Mi trascino a casa, mi butto subito sotto la doccia, e crollo nel letto.

Sono le dieci il mattino seguente quando guardo l'orologio. Ho dormito nove ore. Ciò nonostante non sento nè la forza nè la voglia di alzarmi dal letto. Le mie gambe si rifiutano decisamente. Era da tanto tempo che non avevo dolori muscolari. Un avvertimento, forse, che devo cambiar vita e muovermi di più. Ma non c'è niente da fare. Devo andare a fare la spesa. E devo avere pazienza se ho dolori. Della qual cosa devo prima convincere le mie gambe.
Faccio la strada di sotto camminando molto poco elegantemente, ma quando al baretto del porto vedo Stefan seduto come se mi stesse aspettando, cerco di assumere un portamento disinvolto. Mi sorride indicandomi la sedia accanto a lui.
"Che cosa ti ordino? Caffè o cappuccino?"
"Un cappuccino e un cornetto con marmellata."
È una squisitezza questa pasta sfoglia arrotolata e riempita.
Mentre va a ordinare mi siedo. Furtivamente osservo il suo profilo, i suoi capelli biondi sottili e mossi, la sua pelle abbronzata. Si volta verso di me e guardandomi mi sorride. È una freccia che mi colpisce, dritta in mezzo al cuore.
Per fortuna arriva subito l'ordinazione ed evito l'attimo di imbarazzo con un morso al cornetto.

"Buonissimo!" esclamo masticando e prendendone un secondo morso. Sperando che non si sia accorto di niente.
Perché non dice niente? Sento che mi sta studiando. Non mi viene in mente nessuna arguta osservazione, qualcosa di spiritoso o divertente. D'altra parte sto masticando e con la bocca piena non si parla.
Dopo un tempo che mi è sembrato eterno mi chiede: "Che cosa fai nella vita, quando non sei a Stromboli ovviamente?"
"Sono un'attrice."
"Hm. Interessante."
Altra pausa. Intanto ho finito di mangiare il cornetto, così a mia volta dico: "E tu cosa fai?"
"Sto costruendo una barca."
Ora sono io che dico: "Interessante. Qui a Stromboli?"
"Hm."
Vorrei che non mi guardasse così. Il colore dei suoi occhi non è nè azzurro, nè grigio, nè verde ma è un po' tutti e tre. Il suo sguardo è diretto. Scrutatore, se non fosse per quel leggero sorriso agli angoli della bocca.
"E qui dove si può costruire una barca?"
"Qui di fronte" e mi indica una tettoia di plastica che spunta al di là del muro dall'altra parte della strada. "Vuoi vederla?"
Eccome se lo voglio.
"Si, certo."
"Allora vieni con me."

Si alza, dalla tasca dei pantaloni tira fuori cinque euro e li posa sul tavolo.
"Sei mia ospite."
Balbetto un "Grazie" e gli vado dietro zoppicando. Si gira, perché non vado a tempo con lui.
"Ti sei fatta male?"
"No, no. Dolori muscolari. Ieri sera sono salita sul vulcano."
"Hm. Capisco. E che impressione ti ha fatto?"
"Bellissima, ma c'era un po' troppa gente là in cima."
"Hm."
Questo "Hm" stamattina sembra essere il suo vocabolo preferito.
Spinge un portone e vedo un grande scheletro di legno. Sembra un gigantesco granchio che sulle lunghe zampe sta lì pronto ad aggredirmi e a catturarmi tra le sue chele. È appoggiato sopra una base ed ha un aspetto aggressivo. Però c'è un buon profumo. È il profumo del legno e della colla che mi ha sempre estasiato da che mi ricordo. Quando dovevo andare in teatro per le prove spesso entravo nell'edificio passando attraverso la falegnameria per impregnarmi di questi odori e sentirmeli addosso. Non capisco un gran che di tutto quello che mi spiega riguardo al suo lavoro per quanto da un punto di vista linguistico mi sia chiaro il significato di ogni frase. Dice che la costruzione parte da un progetto, che questo legno è Sipo- Mahagoni, e capisco la parola scafo che è la base dalla quale si procede.

Mi spiega che le ordinate sono di legno massello e che devono essere piallate per avere lo stesso spessore, che per ottenere la rotondità della prua le estremità sono in lamellare e che tutto il corpo di ordinate verrà rifasciato con compensato marino.
Per mostrare grande interesse annuisco e osservo attentamente tirando fuori anche domande su quello che dice. Mi ci vuole tutta la concentrazione di cui sono capace dal momento che la mia mente è completamente rivolta a ben altro che alla descrizione dettagliata di come si costruisce una barca.
Cerco di fare in modo che non se ne accorga, ma temo che le mie capacità di simulazione da esperta attrice, possano tradirmi e che lui possa leggere nel mio sguardo i miei pensieri. Più tardi, ripensandoci, non avrei saputo dire come me la sono cavata in questa tormentata situazione.

Al pomeriggio, sdraiata sulla spiaggia, mi sento in uno stato di totale serenità e beatitudine. Quando me ne stavo andando lui si era offerto di salire con me sul vulcano "giusto un' offerta ospitale in qualità di amico, niente di più. Non andare a pensare che ci sia sotto dell'altro", dico a me stessa.
Mi farà sapere quando, perché il tempo deve essere quello giusto e il vento deve essere favorevole e portare il fumo verso il mare in modo da avere la vista aperta sui crateri. Oso sentirmi felice di tutto questo.
Ascolto le onde del mare e anche oggi la loro musica è diversa.

Ho già una lunga lista di nomi per definirla. Rumore, fragore, rimbombo, tuono, brontolìo, sciabordìo, borbottìo, scroscìo, fruscìo, strascinìo, gorgoglìo, bisbiglìo, risucchio, e pur sempre ho la sensazione che l'espressione perfetta a rendere l'idea di questi suoni non sia mai adeguata. Oggi potrei dire che le onde stanno ridendo.
Anche con un colore non so trovare la parola giusta a definirlo: è il blu dell'imbrunire. Non ricordo di averlo mai visto. Chiamarlo blu acciaio non è esatto, ma nemmeno blu profondo nè tantomeno blu cielo. È un colore intermedio di una particolare intensità. Fa pensare all' immensità dell'universo.
Blu crepuscolo di Stromboli: questa espressione sarà da prendere in considerazione come new entry nel vocabolario.
Quando questo blu scompare abbandono la spiaggia mentre in cielo compare la prima stella.

Questa volta non ho potuto fare a meno di sentirlo, perché ero in attesa dei suoi passi sulla scala. Ad essere più precisa dovrei dire che ero in agguato.
Cercare di raccontarmi il tutto come qualcosa di innocente a questo punto non è più possibile.
Ho aperto una seconda sdraio vicino alla mia e sul tavolino al centro ho preparato due bicchieri e una bottiglia di vino. Nel caso che.... Spero che non lo trovi troppo goffo. Del resto è ben chiaro.
"Hallo!"
"Hallo."
"Stai aspettando la tua amica luna?"

"Per lei questa sera dovrei aspettare parecchio. Mi spiace, oggi non c'è nessuna storia"
Si siede sulla sdraio accanto alla mia e prendendo la bottiglia chiede:"Posso?"
"Certo."
Versa il vino, si mette comodo e ne beve un sorso.
"Allora questa sera tocca a me raccontare. Vedi quella stella luminosa qua sopra?"
"Quella lì a sinistra sopra al tetto?
"Si. E' Vega e se tu da quella tiri una una piccola linea e unisci tra loro le quattro stelle lì sotto, si forma un parallelogramma. E' la costellazione della Lira. La lira era stata creata da Hermes che la regalò al suo fratellastro Apollo il quale in seguito la diede ad Orfeo. Come continua la storia lo sai di sicuro."
"Già, Orfeo grazie alla sua musica potè entrare nell'Ade, il regno dei morti, per riprendere la sua Euridice e riportarla sulla terra."
"Purtroppo non ci riuscì, perché si voltò indietro e gli era stato rigorosamente vietato. Dopo la sua morte la Lira fu appesa in cielo ed è quella lì che ora puoi vedere."
"Bella. Purtroppo però ora nessuno può più suonarla. Peccato."
"Chi può dirlo. Forse noi non ne sentiamo il suono solo perché il nostro udito non è così acuto"
"Conosci altre storie di stelle?"
"Certo. Vega è solo una stella della costellazione. Posso raccontarti anche di Deneb e Atair."
Da questa mattina nella casa proprio qui accanto ci sono persone. Probabilmente arrivate prestissimo con la nave da Napoli.

Forse erano uscite per cenare fuori e ora sono rientrate. Accendono la luce sulla loro terrazza e la luce arriva a illuminare anche noi.
Stefan si alza e mi dice: "Vieni, andiamo sulla spiaggia così posso fartele vedere. Qui ora è troppo chiaro"
Mi prende per mano e scendiamo la scala.

Le onde lambiscono la riva, con ritmo lento e costante. Così lui dentro di me. Non è solo sesso, è molto di più. Pervade di piacere tutto il mio corpo. E' la pelle che poro per poro si apre alle sue carezze e lo assorbe. Mi strugge, mi sciolgo. L'attimo esplode ed è una scheggia di eternità. Rido, quasi un grido. Una calda felicità mi avvolge e mi riempie.

La sento ancora al mattino seguente quando vado a coricarmi sulla spiaggia.
Fare l'amore. Mi piace questa espressione. È diretta, concreta. I miei sentimenti lo sono ben poco. Sono una matassa ingarbugliata, un ammasso inestricabile. Forse è tutto un sogno.
Mi rendo conto da quanto tempo non provavo più niente di tutto questo e so solo una cosa: lo voglio. Voglio sentire la sua risata che vibra profonda, non rinunciarci più come in alcuni momenti avevo deciso. Voglio farmi raccontare tutte le sue storie, non solo sulle stelle, anche quelle che ha letto o che ha vissuto. Voglio sapere di più della sua vita.
Si può assaporare il desiderio? Si può masticarlo? Me lo sento in mezzo ai denti.

Ce l'ho addosso dappertutto quasi ne fossi inglobata come in un bozzolo. È fisso sulla bocca dello stomaco e in tutte le viscere, mi fa tremare le gambe, si irradia verso il basso fino alla punta dei piedi. Ogni più nascosto e più intimo angolo del mio corpo ne viene decisamente eccitato. Dentro di me un immensa felicità. Ogni tanto, all'improvviso mi scappa un sorriso perché sento il cuore straripare di gioia. Penso a lui e tutto è meraviglioso. Molto lontano dalla calma interiore che ero venuta a cercare qui. Tutti i miei pensieri vanno ogni pochi minuti a concentrarsi su una domanda: verrà questa sera? E la giornata passa ad aspettarlo, ad aspettare di sentire i suoi passi su per la scala, ad aspettare il suo "Hallo".

Che cosa mi sta succedendo? Certo il piacere dell'attimo culminante nell' orgasmo è al massimo, ma c'è di più. E' il pieno coinvolgimento di una passione carnale ed è il fascino della seduzione. Non so neppure io cos' altro c'è. Lui risveglia in me un desiderio, un qualcosa che non sapevo di avere e che lui non potrà mai appagare qualsiasi cosa farà o penserà di fare. Come un bicchiere che non può mai riempirsi e che per quanto ne beva rimarrò sempre assetata.

Questa avidità di amore mi viene da una solitudine che non ho mai sentito prima d'ora e che mi fa così dolorosamente sentire la sua mancanza? O si tratta dello stupido desiderio di una completa unione che lui non mi può dare, che nessuno mi può dare? Corro dietro a dei fantasmi?

Ma perché allora avrei questa placida serenità, questa sensazione che tutto va bene quando vedo il suo sorriso? Questa ebrezza quando è dentro di me? La sensazione di dissolvermi. O sto farneticando? Perché allora qualche ora più tardi, quando mi ritrovo da sola mi sento come se una metà di me mancasse?
Essere veramente se stessi. Se ne parla tanto. Ma cosa vuol dire? Se parliamo di verità, qual'è in questo caso la verità?
Anche quello che una giovane di Stromboli mi ha raccontato ieri, per lei era verità. Ieri sera, infatti, Stefan mi aveva portato a cena da una coppia di amici che lo avevano invitato. Lei era la donna dai capelli neri che avevo già visto al porto e che stava sul motorino seduta dietro di lui. Lei e il suo uomo hanno un piccolo ristorante dove si mangia solo pesce. Dei piatti veramente squisiti. Il mio preferito è stato la pasta con gamberetti e zucchini. Naturalmente il padrone di casa non mi ha voluto dare la ricetta ma mi ha detto che il segreto era l'aggiunta nel „sugo" di un po' dell'acqua di cottura del polpo.
E poi lei, mentre ci ha servito come dessert un "semifreddo alla mandorla" una squisitezza somigliante a un gelato, con la massima serietà e convinzione ha detto di essere la custode del vulcano. Deve stare sempre sull'isola per proteggerlo. Ne parla al maschile anche se, essendo un'isola, se mai, è femmina. E, dice che, quando la lava scende e questo succede spesso, a lei vengono le mestruazioni.
Stavo per ridere ma Stefan mi ha poggiato la mano sul braccio e ho capito che era meglio non farlo.

Al momento di andarcene lei mi ha preso in disparte e mi ha consigliato di stare lontana da una persona che sa fare il malocchio. Mi ha detto chi è e che ha questo "occhio cattivo" che se me lo mettesse addosso potrebbe succedermi qualcosa di spiacevole.
Le ho detto "grazie" ma mi ha infastidito. Una serata veramente indimenticabile.

Vorrei che ogni istante di questi giorni mi rimanesse impresso nella memoria per sempre, la sua mano che cerca il mio corpo, la dolcezza del suo abbraccio, i piccoli baci sulla schiena nel sonno. E l'alzarmi all'alba e ancora insonnolita ascoltare tutte le piccole storie che mi racconta. Avere la certezza che lui è qui e che è sempre possibile sedersi a tavola insieme e poggiare la mia mano sul suo palmo teso davanti a me. Qui sulla sua isola, che è anche mia e ora è diventata la nostra.
Fissare tutto questo molto bene nella mente, San Bartolomeo! Tutto. Chiuderlo in una cassa variopinta e ogni volta che tiro fuori la chiave e la apro vedere che ogni ricordo viene fuori intatto: la Messa a San Bartolo con il canto di voci stupende, le bouganvillee che rigogliose spuntano oltre i muri, la piazza della Chiesa con i bambini che giocano, la terrazza del bar Ingrid con la sua fantastica granita al limone, il molo con la nave che nel buio si allontana. E poi le voci che arrivano dalle barche a vela e a motore ancorate vicino alla riva.

I profumi dell'isola sempre diversi nel mattino nel giorno nella sera e nella notte, i colori del mare che variano dal blu scuro al turchese, l'abbagliante sole che brilla dorato quando tramonta sul mare e quando al mattino si alza sull'orizzonte. Il rosso fuoco dei fiori dell'ibiscus con i gialli pistilli che spiccano nel suo calice viola scuro e tutti i toni di verde della montagna. Il canto delle cicale nella luminosa calura del giorno, il grido dei gabbiani e ovunque e sempre il suono delle onde e del vento e il borbottio del vulcano. E Stefan, il suo viso, il suo modo di ridere, il calore della sua voce, il suo profumo, il suo contatto.

Con lui io credo di poter essere sempre completamente me stessa e vera, perché anche lui è così. Se deve fare una critica non la indora di belle parole ma va dritto al punto. Questo può anche dar fastidio. Non si è mai trovato in circostanze che lo costringessero a dissimulare, almeno per quel che ho potuto capire da quel poco di sé che mi ha raccontato. Non è mai stato impegnato in lavori alle dipendenze di qualcuno. Dopo gli studi di architettura ha viaggiato in giro per il mondo in autostop. Ha attraversato il Mediterraneo e da Palermo, sul ritorno, si è fermato a Stromboli. Delle sue avventure in Libia e in Siria mi deve ancora raccontare.

Per me è stato tutto completamente diverso. Non tanto perché recitare è dissimulare, quanto perché entrare in un ruolo è appropriarsi della vita di qualcun altro che per un certo tempo poi rimane addosso.

Lui è sempre se stesso. Ma, in sostanza, che cosa so veramente di lui? Niente.
Di questo mi sono resa perfettamente conto una sera in cui l' ho invitato.
Si è completamente chiuso in se stesso. Siede muto al tavolo di fronte a me, mangia come se fosse da solo. Manca solo che guardi l' orologio con la fretta di andarsene. Non ho idea di cosa gli passi per la mente. "A che cosa stai pensando?" faccio la stupida domanda alla quale mai si risponde la verità. Voglio solo rompere il silenzio, spezzare quella estraneità che si sta facendo largo fra noi. Non la posso sopportare, allora parlo e parlo sommergendolo con episodi della mia vita in teatro e mi rendo conto che posso essere insopportabile. Ma non cambia niente. Lui è altrove con la sua mente. La tristezza mi assale, e il buffo è che diversamente dal solito ho anche indossato biancheria sexy.
Mentre mastica l' ultimo boccone alza la testa e mi guarda.
"Scusa, sono stanco morto. Sono in piedi dalle cinque. Devo andare a dormire."
Rido stupidamente, perché mi sento come se mi fossi tolta un peso di dosso. Il suo comportamento non ha niente a che fare con me. È stanco.
Nient'altro che stanco.
Ora si alza, mi prende tra le braccia, mi stringe forte, a lungo, poi di colpo mi lascia e se ne va. Sulla porta si volta indietro e con un sorriso mi dice: "Dormi bene, a domani."

Ma il giorno dopo non si fa vedere. Io siedo sotto l'ombrellone e aspetto ascoltando il mare. Guarderei le varie forme delle nuvole se ci fossero. Ma il cielo è completamente limpido sopra di me, assolutamente azzurro e impassibile. Quando mi sono stancata dell'attesa mi metto a pulire la finestra. Senza smettere di ascoltare se sento i suoi passi su per la scala. Non rischio di uscire fuori casa. Lui potrebbe arrivare mentre non ci sono.
Arrivata la sera mi siedo ancora sulla sdraio ad aspettare.
Nella casa dei vicini la terrazza è già buia, la bottiglia di vino è già vuota, solo la luna mi può consolare. Ora è solo una sottile falce. Se riuscissi a calibrare bene un salto che mi consentisse di arrivarci sopra mi ci potrei comodamente coricare e fare l'altalena sul mare. Se potessi riuscirci.
Ma neppure le mie fantasie questa notte riescono a farmi sentire meno triste. Anzi, peggio. E a Michael neppure oggi ho scritto. Del resto non saprei che cosa dirgli.

Dopo una notte troppo breve e piena di sogni confusi, quando mi alzo e apro la porta, vedo un foglio di carta a terra. Lo prendo e leggo: "Oggi sono in giro. Domattina ore 4 partenza per il vulcano davanti a casa mia". Come firma solo una S."
Mai una mattina è stata così bella, un cielo così limpido, i fiori di ibisco nel giardino dei vicini mai erano così rossi e il mare così vellutato.

Faccio il bagno, mi distendo e mi lascio cullare dalle dolci onde. Sto cambiando, la mia sensibilità sta cambiando. Dipende da me? da lui? dall'isola?

Alla sera vado al bar Ingrid dove una "granita al limone" mai è stata così buona. Sono seduta e vedo una bambina dai ricci scuri accovacciata su uno scalino tutta concentrata nel pettinare i pochi capelli di una Barbie che certo ha visto tempi migliori. Accuratamente con un pettine liscia delle sottili ciocche, poi ne fa una treccia, poi la disfa e poi ricomincia e ne fa due.
Anche Sofia era così da bambina, si concentrava completamente in un gioco e questa capacità di concentrazione le è sempre rimasta. Sven invece era completamente diverso, sempre in movimento, sempre idee diverse e ancora oggi a diciotto anni non è cambiato. Studierà? Forse. Che studi farà? Tutto ancora da decidere. In Germania o all'estero? Probabilmente all' estero. O invece no? Sono proprio curiosa di vedere se vivere un anno in America l'ha cambiato. Da un bel po' non ho sue notizie, ma anche in questo non c'è niente di strano.
Sofia al contrario almeno tre volte alla settimana mi manda un saluto. Al mio ritorno non sarà a casa. Senza esitazione ha deciso insieme agli amici di prendere la via verso l' Islanda. A piedi. Le foto che mi manda mi fanno felice. In alcune riconosco i posti.
Una volta ci sono andata in auto e l' ho girata in lungo e in largo. È molto vasta.

Per lunghi tratti sulle strade non si incontrava nessuno. Anche in Islanda, come qui, ci si può sentire agli albori della nascita della Terra.
Là non ci sono rosse fontane di fuoco che salgono verso il cielo, ma geysers che con grande potenza schizzano acqua. La luce è molto diversa da qui, è più dura e sbiadita e anche il cielo non sembra una volta ma piatto.

Sembra che la bambina sia finalmente soddisfatta del suo lavoro e orgogliosamente me lo mostra regalandomi un bellissimo sorriso. Ora la sua Barbie ha una coda di cavallo.
Alla sera, nel mio grande letto a baldacchino, il pensiero del mattino seguente mi avvolge in un magnifico tepore.

.-.-.

È ancora buio, un buio che sembra di poterlo prendere in mano, quando suona la sveglia. Sono le quattro, lo zaino è già pronto con anche il thè già fatto e versato nel thermos e naturalmente per l'eccitazione ho dormito ben poco. Del resto vorrei anche non dormire del tutto per non perdere neppure un attimo. Tra una settimana tutto questo sarà solo un ricordo.
Quando sono arrivata lui mi stava aspettando davanti a casa. Un rapido saluto e già inciampo camminandogli dietro alla luce della mia pila. Il terreno non è liscio ma pavimentato con pietre irregolari. Devo fare attenzione ad ogni passo. A destra e a sinistra si intravedono le ombre di cespugli, canne e qua e là alberi. L'aria è bellissima. L'isola profuma come fosse appena uscita da un bucato. Tutto è silenzio, neppure i grilli cantano più, gli uccelli dormono e il mare si sente appena. La strada ora fa una deviazione e nella penombra vedo una costruzione alla mia destra. Stefan fa un rapido gesto verso un cartello che è sulla curva e leggo: "Osservatorio -Ristorante e Pizzeria." Al momento lo noto appena, tutta presa come sono a seguire i passi della mia guida che già mi ha distanziato. Per quanto ora la via non proceda ripida come prima, sento la fatica.
Una "mulattiera", la strada costruita anticamente per i muli, serpeggia su per la montagna con ampi tornanti senza neppure un piccolissimo tratto pianeggiante.

Ad un certo punto, dietro una curva, vedo la luce di una pila ferma verso di me. Stefan è seduto su un muretto che affaccia sul mare.
"Una pausa?"
Niente potrebbe essere più piacevole. Mi porge una bottiglia d'acqua. Ne bevo un meraviglioso sorso. Non è il momento del mio thè. Questa salita mi ha fatto venire un gran caldo. Mi siedo sul muretto che ancora conserva il freddo della notte. Finalmente posso ammirare il cielo, cosa che avrei fatto volentieri tutto il tempo. Milioni di stelle luccicano tremolanti, grandi, piccole e medie.
"Dove sono ora Deneb e Atair delle quali mi volevi raccontare qualcosa?"
"Giusto, non siamo più entrati nell'argomento."
Poggia il braccio sinistro su di me e sento il suo cuore che batte contro la mia spalla destra.
"Deneb la vedi laggiù," fa segno in alto a sinistra in direzione Nord-Est. "È la stella principale del Cigno e appartiene a due figure di stelle, alla grande Croce e al Triangolo d'estate se si aggiunge Atair della costellazione dell'Aquila. È quella più luminosa lì in basso. Se da Deneb tracci una linea obliqua verso il basso, incontri Atair poi con un'altra linea obliqua arrivi a Vega e queste sono le tre stelle più luminose che formano il Triangolo d' estate."

Già una volta un uomo mi aveva detto dei nomi di stelle, ma questa volta credo che non li dimenticherò.

"Vega e Atair sono quelle più vicine a noi, una dista venticinque anni luce, l'altra diciassette. Deneb secondo le ultime misurazioni del 2008 dista mille e cinquecentocinquanta anni luce. Ma nessuna garanzia riguardo a queste affermazioni. Non è così facile una misurazione precisa della distanza."
"Così lontana e tanto luminosa!"
"Perché è trecento volte più grande del sole e centocinquanta volte più grande delle altre due. In una notte emana tanta luce quanta il sole in un anno intero."
Uno scoppio violento interrompe il silenzio. Mi volto e vedo proprio dietro di noi una sgargiante luminosa fontana di fuoco che si innalza con violenza verso il cielo schizzando alta e sempre più alta. Poi si allarga a ventaglio facendo ricadere sulla sciara sabbiosa massi infuocati che con grande rumore rotolano verso il basso fino al mare. Poi ancora un altro scoppio e dal cratere vicino fuoriesce vapore misto ad uno zampillìo di lapilli.
"Fine delle storie di stelle. Lasciamo il seguito ad una prossima volta."
Stefan richiude la bottiglia dell'acqua e la ripone nella tasca laterale dello zaino che tiene sempre sulle spalle.
"Se vogliamo arrivare sopra per vedere l'alba dobbiamo muoverci."
Con un po' di rammarico mi alzo per lasciare questo posto. E Stefan si è già incamminato. Andargli dietro è più facile a dirsi che a farsi. È faticoso, il piede sprofonda nella sabbia ad ogni passo e qua e là un masso sul quale c'è da arrampicarsi.

E poi di nuovo sabbia e ancora sabbia. Guardo in alto. Un errore. La cima nera dello Stromboli sembra ancora molto lontana. Meglio concentrarsi passo dopo passo. Cosa anche più prudente dal momento che stiamo camminando lungo uno stretto costone con un ripido pendìo sia a destra che a sinistra.
"Non mollare. Ancora una mezz'ora."
Se Stefan pensa di dire parole incoraggianti viviamo proprio su due pianeti diversi. Però non voglio cedere alla stanchezza e mobilito le mie ultime forze. Una sfida non indifferente. E quando mi sembra di non farcela più, quando mi sembra di non riuscire più a fare un altro passo, vengo presa tra le braccia e sento le parole della salvezza: " Eccoci arrivati".
Davanti a un muretto di pietre laviche accatastate l'una sull'altra ci sediamo sulla sabbia calda. Vi affondo le dita e subito le tiro fuori. Sotto la superficie è molto più calda. Di fronte a quello che mi si presenta davanti agli occhi non c'è da meravigliarsi. Sotto di noi un paesaggio di crateri. Un leggero vento spinge il vapore in direzione del mare lasciandoci completamente libera la visuale. Sono sette.
Ne vedo tre con all'interno del rosso incandescente. Quello a destra brucia regolarmente. La lava arriva ai bordi del cratere e ribolle ricadendo all'interno. Come una pentola di piselli. Ogni tanto da quella poltiglia rosso-arancio schizzano verso il cielo lapilli luccicanti come oro.
Da quello a sinistra ogni tanto imprevedilmente e-rompe con un forte boato una sottile colonna di fuoco che arriva molto in alto e dura a lungo.

Quello centrale è piuttosto tranquillo. Di tanto in tanto fa un lancio di un mucchietto di lapilli quasi volesse dire: "Voglio giocare anch'io."

Il cielo sopra di noi indugia a schiarirsi, diventa prima grigio, poi blu acciaio, poi il blu si espande. All'orizzonte il mare si tinge di una pennellata rosso-arancio, sopra una striscia di tremolanti nuvole schiarite dai bagliori sottostanti. Si colorano di rosa poi di arancione poi di rosso porpora e infine sorge un disco di fuoco che ammanta tutto di una luce dorata.
La sciara, per quanto ci siano sempre vapori scuri, riluce spruzzata da tutte le sfumature di giallo zolfo, ocra, rosso, grigio, nero e argento.
Noi siamo qui, seduti in mezzo a questa meraviglia. Stefan mi tiene in mezzo alle sua gambe e mi circonda con le braccia tenendomi stretta. Sulla schiena sento il calore del suo corpo.
Poi dice: "Rimani" e ancora: "Rimani, ti prego."

.-.-.

Sono rimasta quattro settimane e ho fatto tutte le cose che Jacob mi aveva scritto nella sua lista.
Sono stata tre volte a Ginostra, dall'altro lato dell'isola, dove si arriva alle poche case e alla piccola Chiesa solo attraverso una ripida strada tutta di scalini dove l'unico mezzo per trasportare merci è un asino pagando un piccolo prezzo e per i lavori più grossi c'è l'elicottero.
Lì in alto sulla terrazza di un ristorante ho mangiato dell'ottimo pesce con una vista sul mare amplissima e lontana sull'orizzonte, fino a vedere, galleggianti nella foschia, Panarea, Lipari e Salina, tre delle sette isole Eolie. Le "sette perle".
Ho imparato non solo a pescare i " totani", ma anche a pulirli velocemente a tempo di record e anche altri pesci che non conoscevo e che qui abbondano.
Ho preso i ricci sott'acqua, li ho staccati dagli scogli e dopo averci spremuto qualche goccia di limone, ne ho succhiato la parte interna. Sono stata invitata a cena da persone che sono nate su quest'isola e che qui hanno passato tutta la loro vita, una vita in parte molto dura, come mi hanno spiegato. Una vita uguale a quella dei loro genitori e a quella dei nonni, predeterminata fin dalla nascita. Il povero e pesante lavoro della terra, l'andare per mare a pesca, e costruire case che resistano al tempo, al vento e alle scosse del vulcano.
"L'amore per il nostro paese ce l'abbiamo da quando eravamo nella culla, signorina.

Noi apparteniamo a questa natura, a questo povero posto in mezzo al vasto mare. E ci sentivamo isolati e al sicuro dal resto del mondo. Ma una volta il mondo ci ha raggiunto. Quando è arrivata la guerra. La grande guerra. È stato terribile."
Finora non avevo mai pensato che quest'isola di circa 12 kmq. potesse essere strategicamente importante per il terzo Reich perché non avevo riflettuto che qui siamo sulla rotta delle navi che dalla terraferma vanno verso Messina e poi in Africa.
"Prima la guerra era qualcosa di molto lontano da noi, era una lapide con i nomi di chi era caduto nella prima guerra mondiale. Ma poi tutto è cambiato. Per prima cosa fu messo in funzione il faro di Strombolicchio che era stato da sempre spento. Poi cominciarono ad arrivare qui sull'isola uomini in uniforme. Sempre di più. Dapprima erano dell'arma dei Carabinieri, poi della Marina italiana, poi della Guardia di Finanza, poi camicie nere, poi i tedeschi. I nostri alleati."
C'era un sorriso amaro sulle sue labbra.
"Così tante persone in un posto così piccolo dove gli approvvigionamenti dovevano arrivare da fuori e quello che arrivava era naturalmente per loro. Avevamo ben poco da mangiare. Noi italiani. Pescare o andare a caccia era vietato. C'era il coprifuoco. I tedeschi avevano naturalmente abbondanti scorte. Ma la cosa peggiore, signorina, è stato il combattimento che c'è stato qui, davanti ai nostri occhi. Un combattimento durato tutto un giorno. Dozzine di navi da guerra che si facevano fuoco l'una contro l'altra.

L'aria ovunque era piena di denso fumo. Poi sono arrivati gli aerei in appoggio di una delle due parti e questo è stato decisivo per porre fine alla battaglia. Non può immaginare. Centinaia di cadaveri che galleggiavano sul mare.
Siamo andati con le nostre barche per vedere se ci fosse qualcuno ancora vivo e per portare i morti a terra. È stato terribile."
Gli scende una lacrima. La moglie gli poggia la mano sulla guancia e gli sorride. Il suo vecchio viso scavato si rasserena. Io guardo la donna per tutto il tempo affascinata dal suo aspetto. Così immagino dovesse essere una saracena, pelle color bronzo, zigomi alti e occhi lampeggianti.
"Amore, non annoiare più la signorina con queste vecchie storie. Siamo ancora vivi."
Lui le prende la mano che ancora era appoggiata sulla sua guancia e la bacia e io penso se mai un giorno la vecchia mano di Stefan si poserà sulla mia guancia e lo spero.
"Hai ragione, tesoro. Beviamoci su. Ancora una grappa?"
La accetto e poi sotto un manto di luminose stelle scintillanti vado a casa.

Quante cose nuove ho conosciuto in questi giorni! Che il triangolo dell'estate sia l'immagine della Sicilia, anche questo ha naturalmente a che fare con i miti. Si narra infatti che Zeus aveva deciso di regalare la Sicilia a sua figlia Persefone per il suo compleanno.

Ma la madre Demetra, sorella di Zeus lo pregò di mettere invece quell'isola nel cielo e lui lo fece.
Vega, Atair e Deneb, le tre stelle più lucenti della notte, sono i tre vertici del perimetro della Sicilia. Da qui l'antico nome Trinacria, già ai tempi di Omero. L'emblema araldico della Sicilia che è una testa femminile al centro di tre gambe viene riprodotto ovunque: su tazze, piatti, ciotole, mattonelle. I Greci pensavano anche che l'isola galleggiasse sul mare. A quei tempi al centro dell' immagine c'era ancora la testa spaventosa di una Gorgone che ai tempi dei Romani fu sostituita da quella di Cerere la dea delle messi.
Poi ho visitato la Chiesa di San Bartolo, quella più vicina a casa e ho contato i santi che ci sono. Ce n'è di più che nella Chiesa di San Vincenzo.
Sono stata anche sulla strada panoramica che da sopra San Vincenzo arriva a Piscità serpeggiando lungo un sentiero all'altezza di circa 200 m.
Ho così parole nuove da annotare sul mio tacquino: corbezzolo – Erdbeerbaum, ginestra- Ginster, carrubo - Johannisbrotbaum, cespugli mediterranei - mediterranes Gebusch e altri ancora.
Dietro ogni curva l'isola presenta un diverso panorama.
Ad un certo punto lungo la strada c'era da aggirare una grande buca causata da un masso caduto lì durante l'ultima grossa esplosione. Spesso mi dimentico che sto su un vulcano, però di quando in quando qualcosa me lo fa ricordare.

Più volte sono andata all' "Osservatorio - Ristorante Pizzeria" senza più bisogno di seguire il cartello che lo indica e ho ordinato su un menù che ormai conosco a memoria. Sono stata lì ad ammirare i più bei tramonti della mia vita e poi le esplosioni di lapilli incandescenti e il levarsi della luna nei giorni di plenilunio.
Stromboli mi ha divorato il cuore. Cerco di tenere molto lontano il pensiero che tutto questo presto sarà un ricordo.

E non l'ho vissuto da sola, ma insieme ad un uomo, appena conosciuto e subito diventato parte di me, in una intimità mai conosciuta prima.
L'ho accarezzato, assaporato e l'ho sentito dentro di me, ho avidamente desiderato le sue mani, la sua pelle, le sue labbra, il suo odore, il suo sorriso e mi sono persa nella sua coinvolgente tenerezza.

.-.-.

E ora sono di nuovo a casa mia e come la Greta nel
Faust potrei dire: il mio riposo è andato, il mio
cuore è pesante. Ma per questo ruolo sono ormai
troppo vecchia. E, come ci ha detto Goethe, va anche a finir male.
Theodor Storm non è meglio anche se un paio di
righe della sua poesia non riesco a farmele uscire
dalla mente.
Lei era sangue selvaggio
Ora con riflessione sa pensare
In una mano ha il cappello da sole
E non sa in che modo cominciare.
Con il mio lavoro che mi ha fatto leggere tantissimo, tanto ascoltare e tanto recitare, si fanno
sempre strada da sole parole confacenti ad ogni
momento. Come ci fosse un pulsante. Basta un vocabolo, un pensiero e in automatico qualcosa scatta
richiamato dalla mia mente.
Disfo la borsa, metto tutto sul tavolo. Guardo attentamente ogni oggetto, lo prendo in mano. Lo
specchio, la matita, il borsellino, il pettine. Sebbene
io li usi da molto tempo, mi sembrano estranei. Io
sono diventata estranea a me stessa. Anche la mia
scrivania che finora è sempre stata il mio angolo
preferito, mi è diventata estranea. Come se non
fosse più la stessa.
E c'è un uomo qui che mi ha aspettato e che
credevo di amare. Già la frase stessa da sola spiega
tutto.

Ma per sette anni non ne ho minimamente dubitato. Se penso al modo che lui ha di gettare all'indietro il ciuffo sulla fronte, o penso ai suoi bei piedi, ho la certezza di aver sempre amato questi dettagli.
Ma come posso chiamare quello che ora sento e che non lascia spazio a nient'altro? Il disaccordo tra i miei desideri e le mie scelte credo che più che con la persona abbia a che fare con la mia capacità di comprensione. Non posso lasciarmi governare delle strane reazioni del mio io che non so interpretare e quindi figurarsi se posso indirizzarle.

"Uomo, diventa essenziale!" Un motto amato da Michael che mi diceva quando a volte gli parlavo di qualcosa dilungandomi troppo sull'argomento. Non avevo idea di cosa volesse dire finché non mi ha spiegato che si tratta di un aforisma erroneamente attribuito a Freud. L'autore di questa frase è un teologo e poeta tedesco, Angelus Silesius vissuto dal 1624 al 1677. Col passare dei secoli si è modificato. L'originale diceva:
Uomo, diventa essenza!
Che quando il tempo passa
Ciò che è accidente cade:
Resta ciò che è essenziale.

Mi dispiace Michael, non avevo capito questa tua espressione, e ancor oggi non la capisco.
Essenziale adesso non lo sono proprio. Lo sono stata? Sarebbe un peccato se non fosse così. La tua vita, Franziska, finora, non è stata inessenziale.

Hai cresciuto due figli sani e a posto, hai un buon lavoro che sai fare bene. Quello di cui ora hai fatto esperienza e che prima non conoscevi, prendilo come una fortuna dovuta al caso piuttosto che come una cosa speciale che appartiene ad una tua altra dimensione.
E non so se questo mondo per me nuovo è più vasto e più importante di quello vecchio e neppure se posso continuare a vivere rinunciando all'uno o all'altro. Ho paura di perdere Michael. Ma neppure posso continuare così come se non fosse successo niente.
Con chi posso parlarne? Naturalmente con Anna, ma da ieri è di nuovo andata in America a far visita ai suoi figli. A parte lei non ho nessuno. A Stromboli nella Chiesa di San Bartolomeo ho provato a rivolgermi ai santi di cera. Ma non mi hanno risposto. A quanto pare devo cavarmela da sola. Forse la notte porterà consiglio.
Ora faccio prima di tutto quello che devo. Fare il bagaglio per Londra, raccogliere i miei documenti e appunti e leggere il mio copione. La copertina è scolorita dal sole, la parte interna è intatta.
Dovrei chiamare Michael. Ma lo farò domani.
Il distacco da Stefan è ancora troppo vicino. La nostra ultima sera, a cena, abbiamo parlato tantissimo di tutto, di cose superflue, niente di importante.
Ci guardavamo sorridendo, mi ha accarezzato una guancia, abbiamo brindato a noi, io con la mano poggiata sulla sua. L'ho osservato con molta attenzione per stampare il suo viso dentro di me.

L'idea di poterlo dimenticare avrebbe potuto gettarmi nello sgomento. Ma di questo non ho detto niente.
Sul molo, aspettando la nave, non abbiamo più parlato. Stavamo molto vicini nel buio guardando verso l'orizzonte per vedere le luci che si avvicinavano. Le cime erano volate, il portellone si era abbassato, lui mi aveva stretto in un abbraccio, poi ero salita a bordo. In quel momento ho pensato a Ulisse e non mi sono più girata indietro verso di lui. Mentre la nave si allontanava, il vulcano mi ha regalato, come saluto, una fontana di lapilli mentre sopra di me riluceva la luna. Non ce l'ho fatta a dirgli qualcosa. Mi faceva male. Mi fa ancora male. Nel profondo del mio io mi sento disperata.

La notte non mi ha aiutato e neppure il sonno. Sdraiata nel mio letto abituale ascolto i rumori che entrano dalla finestra aperta. Un temporale ha spazzato via l'aria afosa e opprimente che al mio arrivo incombeva sulla città e nella mia camera si concentrava. Mi sono alzata per chiudere la finestra. Tutto quello che avevo intorno mi dava fastidio. Tutto così diverso dal mondo a cui mi ero abituata nelle ultime settimane. Puerile, lo so, ma era così. E c'erano cose da chiarire dentro di me. I miei sentimenti giacevano nell' incertezza, chiusi in uno scrigno, per dare spazio all' insensibilità dove il mio cuore al momento si era rifugiato.
Questo per altro quasi mi disturba quando alla sera sono seduta al ristorante con Michael. Dovrei sentire qualcosa. Un rimorso o un senso di colpa.

Mentre invece quel che provo potrei dire che è solo dolore.
Lo guardo. Guardo quel viso che conosco così bene, che ho visto tanto spesso e tanto spesso ho accarezzato, guardo il suo immancabile ciuffo sulla fronte che comincia a ingrigire. E lo ascolto. È completamente preso dal progetto del film, dal testo, dalla parte che lui dovrebbe interpretare.
"Se tutto va in porto, Franziska, ci saranno delle scelte da fare. Ho un buon presentimento. Il regista ed io siamo sulla stessa lunghezza d'onda. Ce ne siamo accorti subito al nostro primo incontro tre mesi fa."

Da tanto stanno trattando su questo progetto e non mi aveva detto niente. Per quanto io sappia che quello è il suo lavoro e non c'era proprio niente di cui discutere dal momento che tutto era in forse, questo mi colpisce. Cosa completamente stupida perché l'avevamo deciso fin dal primo momento della nostra relazione. Rimanere sempre indipendenti l'uno dall'altro in modo che ognuno possa seguire la sua strada senza reciproci ostacoli.
Quindi ora non ho proprio nulla da rimproverargli. In realtà io gli sto nascondendo cose ben più importanti.
"Il prossimo mese già si deve cominciare. Alcuni dettagli sono ancora da chiarire. Noccioline, come dice Bertram."
„Ma..." - il suo viso giovanile assume uno sguardo contrito, cosa che gli riesce molto bene, mentre allungando la mano destra la appoggia sulla mia -

"...ma questo purtroppo vuole anche dire che non potrò accompagnarti a Londra. E il viaggio in Scozia che volevamo poi fare, anche quello non sarà possibile. Ma in seguito lo faremo. Questo è sicuro."
Guardo le nostre due mani appoggiate sul tavolo in mezzo a noi, e non posso fare a meno di pensare ad un'altra mano.
Mi aspetto che da un momento all'altro Michael si accorga di qualcosa. Dovrebbe accorgersene. Sono diversa, ho anche un profumo diverso. Ma lui non nota niente nè fa domande riguardo a com'era Stromboli o a che cosa ho fatto.
"Ti vedo in forma. Hai fatto bene a rimanere di più."
Questo ha detto, nient'altro. E ha continuato a raccontare del suo progetto. Mi sento più leggera.
Non si accorge di niente neppure quando andiamo a letto insieme e naturalmente facciamo sesso. Appassionato e bello come sempre. Il suo corpo, il suo profumo. Ha il sapore di un addio.

.-.-.

A Londra, come già molte altre volte in questi ultimi anni, ho l'abitudine di camminare da sola per la città. Vado due ore in una direzione e poi torno indietro seguendo altre strade. Ogni volta parto da un punto diverso, così si può dire che me la sono girata tutta a piedi.
Il mio sguardo, però, ora è mutato e non so se questo sia un bene o un male.
Ancora devo rifletterci seriamente.
Ora mi annoto tutto con attenzione. Guardo i colori dell'arcobaleno sospeso sopra il Tamigi che naturalmente non sono così intensi come quelli che appaiono sempre al Sud; sento l'odore lasciato da un motore a due tempi quando in Regent street una vespa mi passa accanto e, mentre sto ripassando il testo "La donna del mare" vedo che mi identifico nella parte. La sto interpretando o la sto vivendo? Perché non tutte e due? Leggo una frase e mi chiedo se quello svilupparsi di una risoluzione, come fosse un destino, non voglia indirizzarmi a scegliere di fare un salto nel buio.

Kate, la mia agente, abita nel West End, nel quartiere di Londra dove c'è un teatro accanto all'altro. Dalla porta di casa svoltando a sinistra basta un breve tratto e mi trovo alla Royal Opera House e al Covent Garden, mete ambite di ogni turista. Come tanti anche io sto volentieri seduta in questa piazza, non solo per gli spettacolari palazzi che ci sono tutt'attorno e che meritano di essere visti, ma anche perché è un posto estremamente piacevole.

Ci sono tantissimi artisti di strada, di tutte le specie, che qui si esibiscono. Mangiafuco, mimi, e le statue viventi che mi piacciono particolarmente e mi incantano. Sempre mi sono chiesta come possano fare a stare fermi immobili per tante ore. Neppure un battito di ciglia alcuni, neppure quando i passanti e soprattutto i bambini si fermano per scrutarli tentando, per lo più senza successo, di indurre una reazione. E poi il grido di sorpresa all' inaspettato movimento di una mano o ad una parola improvvisa proveniente da quei visi truccati dalle labbra serrate.

Non posso andarmene da lì senza fare un giro nell'enorme centro commerciale con il suo alto soffitto a volta completamente in vetro. Qui posso trovare tutto, dai generi alimentari ai ristoranti, bar e negozi di bella bigiotteria. Più di tutto mi attrae l'Apple Market dove ogni volta trovo un oggetto a cui, che sia costoso o no, non so resistere. Dopotutto di qualche souvenir ho bisogno, per averne uno di ogni mio viaggio in questa città e per fare qualche regalo.

Anche questa volta ci sono venuta subito appena arrivata. Mi fermo al primo stand: ci sono molti bracciali, collane di perle di vetro di svariate tinte e orecchini di forme fantasiose. E lì in mezzo a tutto c'è un anello dove, circondata da foglioline d'argento, spicca una pietra che non so cosa sia ma il suo colore è proprio "blu crepuscolo di Stromboli".

"Che bella pietra" dice Kate, " nuovo?"
Rispondo con un cenno.

Nella via dove abita Kate, farei meglio a chiamarla vicolo, non ci sono palazzi di lusso ma solo le caratteristiche " brown-stone-houses" dalle facciate di mattoni rossi a due o tre piani larghe quanto una stanza e con un appartamento a piano. Quello di Kate è al secondo. Ha un piccolo bagno, un corridoio dove c'è la cucina e due piccole stanze tutte piene di libri e manoscritti sul pavimento, su ogni mensola, su ogni tavolino e sugli scaffali alle pareti. In una delle due camerette riesco magicamente a indovinare, sotto carte sparse ovunque, la sua scrivania e quella della sua collaboratrice.

Cinque anni fa Kate aveva avuto la brillante idea di comprare "un pezzetto di cielo di Londra". Ha quindi potuto aggiungersi un piano al di sopra, sul tetto, per la più piccola cucina mai vista, un bagnetto e il letto degli ospiti dove sto io.

La cosa più bella di questo piano in più è il terrazzo semicircolare che non affaccia sui muri delle case vicine ma sopra i tetti ognuno dei quali con due o tre camini, tanti che non sono riuscita a contarli tutti.

Essendo ancora estate, anche se siamo a fine settembre, ci sediamo su questo terrazzo per gustare un bicchiere di vino. Con un cielo come un coperchio di nebbia.

Ciò nonostante ad un tratto un raggio dell' ultimo sole ha colpito il mio bicchiere e nello stesso istante ha trafitto il mio cuore.

Il giorno dopo siamo andate ad un nuovo ristorante italiano che hanno aperto qui vicino. Dovevo assolutamente provare la sua ottima cucina. Kate c'era già stata. Non potevo dire di no anche se non mi sembrava una buona idea.
Lo chef, Giovanni, saluta Kate con bacio a destra e sinistra. Pochi giorni fa anche io ero sempre salutata cosi. Come sono arrivati gli spaghetti alla Norma, il loro profumo mi ha riportato in un'altro scenario.

Sono seduta al bar Ingrid con Stefan, ho lo stesso piatto davanti a me che emana lo stesso profumo. Sento chiaramente un forte boato, diverso dal solito, e verso il cielo vedo salire uno sbuffo denso, come una nuvola scura illuminata dal rosso del fuoco più in basso. Dalla vetta schizzano lampi. È un attimo mozzafiato. Niente a che vedere con tuoni e fulmini di un temporale. Ci sono alti getti luminosi che vanno in tutte le direzioni passando dal giallo al rosso all'arancione in un susseguirsi sorprendente. Una lingua di fuoco sale verso il cielo scagliando una miriade di lapilli infuocati così in alto da ricadere ovunque anche molto lontano e scivolare sul versante della montagna in direzione dell'abitato. Massi incandescenti rotolano sulla sabbia nera, come sangue che cola giù da una ferita, poi erano braci che svavillano in mezzo a cespugli e ad alberi. La vegetazione subito prende fuoco e si alzano fiamme. Si sente il crepitare e lo schioccare degli olivi e delle canne.

L'incendio divampa. Sulla piazza della Chiesa la gente nel buio si ferma ammutolita. Ombre scure, silhouette di una scena felliniana. In me non c'è posto per la paura. Al contrario, lo spettacolo è così affascinante da rendermi euforica. Lo siamo tutti e due nonostante il pensiero di quanto il fuoco si possa espandere e quanto possa avvicinarsi alle case. Questa imponente bellezza della natura della quale sentiamo intensamente tutta la forza. Rimaniamo lì per molto tempo.
Al mattino seguente, alle prime luci dell'alba, arrivano gli aerei antincendio. Sono dei Canadair, aerei anfibi che si abbassano sulla superficie del mare, raccolgono l'acqua, riprendono quota e la lasciano ricadere sulle zone che stanno bruciando. Non sono l'unica a stare tutta la mattina a guardare questo via vai degli aerei. La terrazza del bar Ingrid è affollata.

Mentre dopo cena sono con Kate sulla sua terrazza e invano aspetto di vedere una stella in mezzo alla foschia, c'è anche troppa luce tutt'attorno, le racconto di Stromboli e di Stefan. Lei su questo ha le idee molto chiare.
"Dimentica Stromboli, dimentica Stefan. Non c'è posto per loro nella tua vita".

Semplicemente dimenticare? Impossibile. Mi è venuta la fissazione per le isole, la nissomania? Quello che mi consola è che si tratta di una mania ossessiva ben nota clinicamente.

Quindi non posso farci niente, vuol dire che ne sono stata contagiata come se si trattasse di un virus.

Ci sono anche persone che, al contrario, non sopportano di sentire così imponente la presenza dei quattro elementi: acqua, aria, terra, fuoco. "Agorafobia." Provano un rigetto nei confronti delle isole, una specie di "claustrofobia", e se ne vogliono andare al più presto possibile. Questo non posso capirlo. Quando penso a Stromboli, il ricordo mi dà la sensazione di trovarmi al sicuro come in una morbida culla. È stato un episodio soltanto, ma se andrò di nuovo, non tornerò indietro. Come ho potuto lasciarmi così coinvolgere e innamorarmi tanto di Stefan? Come è riuscito a legarmi a sé, così che il mio mondo ne è stato tanto scompigliato da farmi sentire in un modo che sorprende me stessa? Dovrei quindi andare lì, dirgli penso che è stata tutta un'illusione, un episodio incantevole che però non può avere seguito.

Possibile!

Peccato però che di questo io non ne sia affatto convinta. Finora dalla mia solita vecchia vita, da Michael e da tutto il resto non ho ancora preso le distanze, ma questo non dipende da Michael. Dipende da me.

Stasera vado a teatro, al Noel Coward Theatre, non più lontano di centro metri da qui. Uno dei tanti meravigliosi teatri di Londra che adoro.

Questo ha per me uno charme molto speciale, un alito di antichi fasti. Infatti esiste dal lontano 1903. "New Theatre" si chiamava prima, poi è stato cambiato in "Albery Theatre" e già dal 2006 ha cominciato a chiamarsi con il nome Noel Coward, famoso attore inglese nonché compositore e autore di commedie. Ho una preferenza tutta particolare per questo autore, o meglio, ad essere precisi, per una sua opera, la "Blythe Spirit".
In questa commedia che parla di spiriti, uno scrittore invita una coppia per una seduta spiritica tenuta da una vicina piuttosto stravagante che dice di essere un "some little old bird", un vecchio uccellino. Lui sta lavorando ad un manoscritto che tratta di persone - non morte - e spera di trarre qualche nuova informazione da questa esperienza. Questo evento, che doveva essere tipo un gioco di società nel quale mettere in ridicolo il presunto potere di richiamare i morti, non sarebbe però andato secondo le aspettative. La moglie morta, evocata, compariva immediatamente. Purtroppo solo lui poteva vederla e di conseguenza gli altri e soprattutto la sua nuova moglie, trovavano strano il suo comportamento. E la sua ex-moglie era arrabbiatissima e non voleva andarsene, insisteva anzi che lui la raggiungesse nell'al di là. Della qual cosa lui non era assolutamente entusiasta.
Una volta sono stata in scena nel ruolo della moglie richiamata dal regno dei morti e Michael era il marito. Dialoghi scorrevoli e un divertente finale a sorpresa. Un pezzo ricco di spunti. È stato un lavoro molto divertente.

In questo teatro sono appena andata a vedere "Shakspeare in Love". Quanto di meglio abbia visto da parecchio. Già il testo da solo era perfetto, una versione per teatro del film che aveva avuto gran successo.

Una giovane donna di famiglia nobile decide di seguire la sua inammissibile passione per il teatro e vestita da maschio entra a far parte della troupe di Shakespeare. A quel tempo anche i ruoli femminili dovevano essere interpretati da uomini. Alle donne non era permesso. Nel giovane Shakespeare che doveva creare un copione ma stava attraversando un periodo di crisi, si scatena, naturalmente, una folle passione che lei ricambia. E quest'amore inspira in lui la tragica storia di "Giulietta e Romeo". In questa grande opera c'è tutto: tormento, azione e leggerezza, passione e intrighi, travestimenti e un drammatico intreccio. Materiale ricco per rendere meravigliosa una serata.

Anche la scenografia era geniale. L'espediente di far ruotare il palcoscenico nella seconda parte dell'opera, faceva sí che gli spettatori si trovavassero a seguire la scena da dietro le quinte, vedendo in tal modo l'allestimento e condividendo anche la vita degli attori, gli inconvenienti, le gelosie e tutto ciò che succedeva fuori scena. Cosa che altrimenti non avrebbero mai potuto sperimentare.

E in più c'era anche la musica medioevale a sottolineare sapientemente la vicenda.

Mi scaldava il cuore, mi sentivo in tutto il corpo questa sensazione di piacere mista ad un po' d'invidia.

Avrei voluto far parte anch' io di questa messa in scena. Questo era il mio mondo, qui mi sentivo a casa. Quando l'attrice Giulietta se ne va via per rientrare nella sua vita abbandonando Romeo, ovvero l'autore, mi è sfuggito ad alta voce: " Non è giusto!" Ho visto sguardi un po' meravigliati all'intorno ed io ero la prima ad esserlo.

Ma lei non aveva nessun'altra possibilità, non aveva una scelta da fare. Doveva rispettare i vincolanti obblighi sociali della sua epoca.
 Io invece sono libera di decidere, ma questo non vuol dire che per me sia più facile. Non ho conti da fare con nessun tipo di vincoli esterni. Tutto dipende esclusivamente da una mia scelta. Ma deve necessariamente esserci una scelta tra due cose che si escludono l'un l'altra? Non è possibile averle tutt'e due? Non dovrei neppure provarci? Penso che non potrei mai perdonarmi se almeno non tentassi.

Certo non sarebbe facile vivere in due mondi diversi, questo lo so. Fino a questo momento sono stata insieme a Stefan solo per una vacanza. Come potrà essere nella quotidianità? Al momento non riesco a immaginarlo. Però se penso con quanta tenerezza mi riempie d'amore alle prime luci dell' alba quando dolcemente mi prende il viso tra le sue due mani, il solo pensiero quasi mi toglie il respiro. Al diavolo la saggezza. La lascio per quando avrò 60 anni. Parto!

Ma il dubbio riguadagna terreno sulla mia risoluta
certezza. Mi vengono in mente frasi che altri hanno
scritto.

In quest'ultimo anno, a Berlino nella Literaturhaus
ho letto un passo di "Endmoraenen" di Monika
Maron e mi irrita pensare a questo testo proprio
ora: " Elli diceva di ritenere dei masochisti puri o
semplicemente degli stupidi romantici tutti quelli
che, passata l'età giovanile con i suoi istinti imperativi, legavano all'amore sessuale le loro fantasie di
felicità. Oppure erano alla ricerca del sesso per effetto di un carattere ossessivo costituzionalmente
innato.... E la felicità trovata nella passione sessuale
era per Elli niente altro che frutto di autosuggestione e l'inganno verso se stesso di chi non vuole accettare la vita così com' è."

La mia maledetta memoria emerge sempre nei momenti più sbagliati.
Ma si tratta della mia vita, nessuno può interpretarla
al mio posto. La produzione teatrale a Londra non
costituirebbe un ostacolo. Se vengo scelta io, ho
sempre quattro mesi per arrivare al giorno delle
prime prove.
San Bartolomeo, dammi un segno!
Questa mattina appena sveglia ho avuto la chiara
sensazione di saper razionalmente mettere ordine in
quella magmatica confusione di sentimenti dentro
di me in modo da poter riflettere sulla mia altra vita
provata sull'isola.

Come se questa follia finalmente si mettesse in pausa. Che illusione. E' ancora più dolorosa, più bella, più coinvolgente, più intensa e più incomprensibile. La mia anima ne è rimasta irretita. Comincio a scrivere poesie.

Sei sempre dentro di me
Il tuo dolce sorriso
Ovunque
Nei più segreti sogni
Sono con te
E non c'è nient'altro
Solo so che
Sei in ogni mio respiro
Ti incontro
In qualche luogo
A volte
Su un'altra stella
Forse
In un'altra vita
Ti vorrei
Sulla mia pelle
Per sentire risposta
Alla domanda
Quanto è lontana
La possibilità
Di stare con te
E riconoscerci
L'uno nell'altro
Ugualmente ammaliati
Solo questo

Ho trovato un articolo sul giornale riguardo all'amore. C'è scritto tutto e l'autore tesse anche le lodi sul caos prodotto dall'innamoramento.
Riguardo a cosa dire per un paio di amori infelici nella vita di una persona, cita Faulkner:
"Di fronte alla scelta fra il dolore e il nulla io sceglierei il dolore".
Deplora le persone freddamente metodiche, che temono i turbamenti del cuore, che vogliono avere sentimenti gestibili, che non vogliono mettersi in gioco e si accontentano di saltuari momenti di desiderio. La cultura del single vive di vigliaccheria. Stare insieme ma solo un paio di volte a settimana, case separate, ognuno la sua cerchia di amici.
Non descrive proprio perfettamente o quasi il mio rapporto con Michael? E' scioccante.

Stefan, una volta in cui volevo sapere se lui avesse una sua filosofia di vita, mi ha letto uno dei suoi libri preferiti: "Blue Highways" di un americano con un nome particolarmente lungo. Qualcosa con Least Heat-Moon.
L'autore chiede a una ottantenne qual'è la cosa più difficile per chi vive in una piccola isola della Chesapeake Bay. Lei risponde: "Io lo so e non mi ci sono voluti 63 anni per scoprirlo. Una cosa c'è, ed è alla base di tutto. Ascolti bene: avere in mente di vivere a modo proprio, e avere la saggezza di lasciare che tutti gli altri vivano a modo loro. Questa è la cosa più difficile. Nient'altro."

E alla frase dell' autore "I sogni hanno bisogno di molto spazio" lei ha aggiunto qualcos'altro di molto intelligente: "Tanto spazio quanto a loro si lascia."
E io quanto spazio sono disposta a lasciar loro nella mia vita? Questa è la domanda cruciale.

Sempre, quando meno me lo aspetto, mi assale qualche ricordo. Sono a cena nel più antico ristorante di Londra con Kate e Norman, un anziano signore dai radi capelli e di bassa statura che è il responsabile per l'Europa della Universal Pictures. Kate si era messa in testa di farmelo conoscere affinché io mi convincessi a impegnarmi al fine di ottenere un qualche ingaggio per un ruolo in un film o alla televisione. Che cosa non avrebbe dato Michael per essere qui al mio posto seduto di fronte a un personaggio così importante nel mondo del cinema internazionale!
Questa tavola apparecchiata a festa nella sala Charles Dickens di questo antico rinomato ristorante è quanto di più lontano possa esserci da un tavolo ricoperto da una cerata in una cucina strombolana.
Qui cenarono i più illustri personaggi fin dai tempi della campagna di Napoleone in Egitto e qui Thomas Rule scelse di abbandonare la sua vita militare e diventare un comune cittadino per il bene della sua famiglia. La sala ancora oggi è così. Di loro ci sono ovunque appesi i ritratti sulle pareti intorno a me.

Sul muro di fronte al nostro tavolo c'è Clark Gable che amichevolmente mi sorride a fianco di Buster Keaton, Charles Laughton e Laurence Olivier.

Le finestre di vetro piombato con importanti tendaggi di velluto rosso e mantovane dello stesso tessuto con frange dorate e nappe dorate anch'esse, certo non ricordano minimamente le imposte blu di una semplice finestra attraverso la quale entra lo sciabordìo del mare.
Ma è sufficiente che Norman ordinatamente allinei le sue posate ad angolo retto rispetto al tavolo, perché tutto mi venga in mente e mi assalga come una pugnalata. Anche Stefan lo fa.

.-.-.

Oggi è il giorno del mio provino. Sono davanti al Barbican Centre, in anticipo di un quarto d'ora. Sarebbe una bugia dire che non sono nervosa. Mi piacerebbe lavorare con questo regista dal quale penso di avere ancora molto da imparare. La pietra che ho in tasca, presa sulla spiaggia di Stromboli, da quanto la tengo stretta nella mano sinistra si è ormai scaldata. Diversamente dalla maggior parte dei miei colleghi di teatro non sono superstiziosa, tuttavia ogni tanto non fa male provare a influire sul destino con un portafortuna.
Dunque, un respiro profondo, e via. Spingo la grande porta a vetri, entro nel luminoso foyer e mi dirigo agli ascensori. Devo andare al quarto piano. Premo il pulsante, ma non succede niente, come vedo sul display sopra le porte. Su ognuno è acceso il numero dieci. Tutti bloccati al decimo piano. Forse c'è un guasto. Vuol dire che devo salire a piedi.
Ma proprio in quel momento si mette a lampeggiare il numero sul quarto ascensore a sinistra che sta scendendo. Si ferma, la porta si apre e quando sto per entrare vedo all'interno due uomini imponenti in abito scuro che me lo impediscono allontanandomi con le braccia tese in avanti mentre dicono: "Sorry, Màm. Please take the next one."
Dietro di loro c'è sua maestà, il principe Carlo che mi rivolge un sorriso.
A volte nella vita capitano incontri veramente speciali. Poi la porta si richiude.

Ora vedo dal display che anche gli altri ascensori si sono rimessi in movimento e così prendo "the next one."
La giovane donna che al quarto piano siede dietro ad un bancone mi saluta come fossi una vecchia conoscenza per quanto non ci fossimo mai viste prima. Mi piacciono questi modi così gentili e cordiali degli inglesi. Mi piacciono anche se più volte mi hanno avvertito che si tratta semplicemente di educazione, una formalità e niente di più. Lo so, ma é certo preferibile un aspetto gioviale ad uno scortese.
Anzitutto mi chiede come sto e naturalmente sa il mio nome e dove devo andare. Prende il telefono e tocca tre numeri.
"Mr. Williams, Miss Heiden is here. Yes."
Si alza esce da dietro il bancone e mi invita a seguirla.
Lungo i circa cinque metri di percorso che ci separano da una porta sulla quale c'è il numero undici, scambiamo due chiacchere sul bel tempo della tarda estate londinese. Quindi bussa. Al "come in" che viene da dentro, gira la maniglia e aprendo mi fa passare davanti a lei con un "please."
Un uomo alto e slanciato in jeans e camicia bianca viene verso di me porgendomi la mano.
"Hi. I´m John" e poi in tedesco "mi fa molto piacere vederla qui, Miss Heiden. Sorry, thath's all I know in German. Excuse me."
Mi guida verso un grande tavolo rotondo al quale siedono due uomini e una donna e ci presenta.

Sono il drammaturgo, lo scenografo e la costumista. Ci salutiamo con una stretta di mano.
Il drammaturgo, anche lui di nome John, indossa una salopette blu su una camicia a quadri rosso-blu che lo fa somigliare ad un operaio, mentre lo scenografo è vestito come uno studente di Oxford e così parla anche. Sembra molto giovane, proprio come la donna accanto a lui.
"Prego, siediti."
Mi siedo al posto indicato e cerco di apparire rilassata.

John spiega brevemente che cosa, come regista, trova stimolante nel pezzo di Ibsen, il drammaturgo nel frattempo sfoglia delle carte. Lo scenografo tace mentre la costumista dai capelli rossi e dalla carnagione chiara tipica delle inglesi mi fissa tutto il tempo come volesse studiarmi a memoria.
Quindi vogliono tutti sapere da me come vedo "La donna del mare."
Fanno domande su domande che mi piacciono e che rafforzano la mia curiosità di lavorare con loro. Al di fuori di John, il regista, gli altri non si sono ancora impegnati sul copione, come lui mi spiega mentre ci avviamo al palcoscenico.
Dice che si sono incontrati per la prima volta tre giorni fa e devono ancora familiarizzare per poter essere all'unisono ognuno nel suo ambito di lavoro.
Insieme al drammaturgo ha già lavorato molte volte. Loro due sono un buon team ed é quasi sicuro che con Jean e Robert si troveranno bene.

Aveva visto un paio dei loro lavori, uno l'anno scorso a Edimburgo ad un festival e un altro, una messa in scena di Shakespeare, poco tempo fa a Manchester.
Gli erano piaciuti molto tutti e due e anche dai primi colloqui aveva avuto un' impressione positiva.
Ci fermiamo davanti ad una larga porta di metallo. Aumentano i battiti del mio cuore. John la apre e mi inonda quell'odore particolare che adoro: profumo di polvere, di legno, di vecchie stoffe e di cipria.
Passiamo attraverso una pesante tenda e ci dirigiamo verso lo scrittoio del direttore di scena. Davanti a me c'è un palcoscenico appena illuminato. John mi dà un colpetto su una spalla, va avanti fino alla ribalta e salta giù nella platea. In quarta fila ci sono già gli altri tre.
Sul palco c'è un tavolo e una sedia. Nientaltro. Ma di nient' altro ho bisogno per la mia parte. Dal testo originale ho scelto dei brani che secondo me mettono in luce i tratti salienti della protagonista. Ibsen mi perdoni.

Sempre, ogni volta, quando sono dietro le quinte ad aspettare il mio turno di entrata, sempre vorrei scappare, mi vengono i sudori, e mi prude il cuoio capelluto. Poi, faccio il primo passo, dico la prima frase, e in quel momento non esiste più nient' altro, solo la scena. Non c'è più spazio per l'emozione. Tutta me stessa è qui ed ora, concretamente, vive nient'altro che il momento presente, senza pensare a come andrà a finire.

Forse anche Stefan prova questa sensazione mentre costruisce la sua barca.
Credo anzi che mentre io sono così pragmatica solo in precise situazioni, lui lo sia sempre, in ogni attimo della sua vita. Assolutamente. Lui non pensa nè al prima nè al dopo. Lui vive nel presente. Chi può dire la stessa cosa di sè, penso sia fortunato.

Sono già dieci giorni che sono partita da Stromboli e di lui nessun segno di vita. D'altra parte, come. Non gli ho lasciato il mio numero di telefono, né me lo ha chiesto. E neppure mi ha chiesto un indirizzo. Ma sono certa che se volesse, tramite Anna potrebbe mettersi in contatto con me. In realtà non abbiamo mai fatto nessun tipo di progetto riguardo al futuro. Al momento di lasciarci mi ha abbracciato e non mi ha detto ritorna. Se avesse fatto solo la minima pressione avrei potuto reagire con irritazione, e dirmi ma cosa pensa, che non ho una mia vita? Una vita che mi sono scelta e per la quale ho duramente lavorato? E alla quale non posso semplicemente rinunciare.

Non ho scelto la vita di attrice per il piacere di stare sotto i riflettori, per quanto possa a volte essere molto gratificante. Quando lavoro in teatro vengo presa sul serio, sono stimata e, quando sono sul palcoscenico, svanisce quell'irrequietezza che sempre mi accompagna, quel continuo chiedermi che cosa mi sto perdendo, che cosa succede là fuori, come se il mondo mi girasse intorno e io fossi altrove.

Una volta, quando avevo sei anni mi portarono a teatro a vedere "La principessa ostinata."
Era una favola di genere formativo che mostrava tutto quello che di brutto può succedere quando si è testardi come lo ero io. La principessa rinchiusa in una gabbia e punzecchiata con dei forconi da orribili troll non mi spaventò quanto speravano.
Avevo solo pensato che al mondo c'era qualcuno simile a me. Quel genere di educazione non funzionò. Non mi stimolò a voler diventare obbediente ma a voler fare teatro sì. E ho sempre continuato a volerlo. Ma ecco, ora a questo si è aggiunto qualcos'altro. Qualcosa che per me è altrettanto importante.
Che fare? Aspetto sempre un segno, una spinta. Prendere una decisione da sola non è facile.
Poi si accendono i riflettori, vedo danzare il pulviscolo nel fascio di luce e il pavimento polveroso sotto i miei piedi. Sono Elida, lontana dal luogo dove va tutto il suo desiderio.

Mi fanno recitare senza interruzioni tutta la scena. Poi silenzio. Vedo le loro quattro teste che si avvicinano e vedo che tra loro bisbigliano. John poi mi guarda e mi sorride:
"Thank you, Franzi. We'll call you."
Classica frase vuota non impegnativa: le faremo sapere. Quante volte l'ho già sentita! E ogni volta i giorni che passano ad attendere che arrivi una telefonata sono un inferno.
Poi John con un balzo è sul palco, viene verso di me e mi abbraccia.

"Grazie veramente. Tantissime grazie."
E io so che mi daranno la parte e al massimo entro due giorni arriverà la chiamata.

Tra circa sei mesi sarò qui su questo palcoscenico e davanti a me non vedrò come ora una platea vuota, ma dovrò convincere un insieme di volti sconosciuti. Pregarli, supplicarli che stiano ad ascoltarmi, poiché io sto raccontando loro la mia storia. La storia della donna al mare.

E ancora una volta sto disfando la valigia, rimettendo a posto tutto quello che mi serve nella mia quotidianità e mi sorprendo a pensare "temporaneamente."
Mi faccio un caffè e mi siedo alla scrivania. Anna ha ordinatamente impilato la mia posta. Sopra a tutto c'è una cartolina di Sven, mi pare dalle cascate del Niagara. Sulla parte anteriore c'è una parete di acqua mista a schiuma che cade dall'alto. Sven sa che mi fa più piacere una cartolina di un messaggio whatsapp con emoji. C'è scritto solo: baci. Una parola, ma meglio che niente. Due lettere della banca posso aprirle più tardi, sotto c'è una busta, di quelle di tipo costoso. Curiosa, la apro. A lettere dorate c'è scritto: Ci sposiamo. Eva Ruttgen e Jacob Hansen. Sul retro, scritto a mano: e naturalmente sei invitata! Mi meraviglia moltissimo, ma mi fa anche piacere. Faccio tutti gli auguri di felicità a questa coppia.
È rimasta un'ultima cartolina.

Non c'è scritto niente, solo il mio indirizzo in una scrittura che non riconosco, e un francobollo italiano. La giro e vedo un cielo blu notte nel quale netto e luminoso spicca un triangolo di stelle.

.-.-.

FINE